AF554956

Tombstone

Un romanzo Western

Richard G. Hole

Far West

SINOSSI

A quel tempo gli indiani del famoso Geronimo si aggiravano ancora in quella parte del bacino e soggiornare nei paesi vicini ai loro rifugi nascosti era estremamente pericoloso a causa delle "incursioni" che i temibili Pellerossa erano soliti compiere di tanto in tanto.

Alcuni disperati per la vita, un manipolo di coraggiosi senza paura di niente e di nessuno, e diversi nomadi della regione, si erano istintivamente radunati lì, formando un paese vicino che riuscì a sopravvivere forse per miracolo o perché gli indiani, senza dare loro importanza, li rispettavano.

Ma l'inaspettata scoperta delle miniere di Tombstone ha cambiato il paesaggio in pochi mesi.

Tombstone è una storia appartenente alla collezione Far West, una raccolta di romanzi sviluppati nel selvaggio West americano.

TOMBSTONE

CAPITOLO I
UN MORTO DI FAME

Fairbank era stata fino a poco tempo prima una misera cittadina nel sud-est di Arpona, con quasi nessun sollievo e con un quartiere molto scarso. A quel tempo gli indiani del famoso Geronimo si aggiravano ancora in quella parte del bacino e soggiornare nei paesi vicini ai loro rifugi nascosti era estremamente pericoloso a causa delle "incursioni" che i temibili Pellerossa erano soliti compiere di tanto in tanto.

Alcuni disperati per la vita, un manipolo di coraggiosi senza paura di niente e di nessuno, e diversi nomadi della regione, si erano istintivamente radunati lì, formando un paese vicino che riuscì a sopravvivere forse per miracolo o perché gli indiani, senza dare loro importanza, li rispettavano.

Ma l'inaspettata scoperta delle miniere di Tombstone ha cambiato il paesaggio in pochi mesi. L'afflusso di avventurieri che si rivolgevano materialmente ai campi minerari, popolarono che, seppur in modo instabile, subordinato a ciò che le miniere erano in grado di sostenere e, sebbene il paese che prese il nome delle miniere fu eretto in settimane, acquisendo una fitta volume di popolazione, sotto la sua protezione e, per la vicinanza dei depositi, Fairbank assunse un'importanza improvvisa e quelle che poco prima erano alcune capanne sgangherate e instabili, cominciarono a diventare una serie di edifici molto più capaci, più solidi nella presentazione e in un numero che cominciava a spaventare i suoi primitivi vicini.

Come i salmoni, al loro ritorno nelle acque dolci dei fiumi hanno bisogno di un rifugio per acclimatarsi all'acqua dolce, tanti avventurieri che si sono riversati nelle famose miniere, bloccati a Fairbank per orientarsi e alcuni addirittura hanno preferito il popoloso perché le loro attività erano lontane da pozzi e scavi.

Le città minerarie erano generalmente costituite per il cinquanta per cento da uomini rozzi e duri che si dedicavano al lavoro massacrante di estrazione della terra per sostenere un altro cinquanta per cento di esseri più intelligenti di quelli che, con la loro ingegnosità, abilità o, facendo appello con mezzi più duri e meno scrupolosi, sapevano come vivere del lavoro degli schiavi della terra.

E parte di questo contingente si era impadronito di Fairbank, perché per fare rapporto a Tombstone, se ne avevano bisogno, bastava fare una passeggiata di pochi chilometri.

Per i trafficanti di ogni tipo di merce da fornire ai minatori, Fairbank era più sicura e più comoda della stessa Tombstone. Lì potevano installare i loro magazzini e depositi con più sicurezza, ricevere le mercanzie che scendevano da Tucson in carri e prepararle per la città mineraria e lì alcuni avevano le loro case, senza che ciò li privasse di essere in contatto con l'aspra città.

Uno dei primi che riuscì a vedere chiaramente il bel futuro che Fairbank gli avrebbe offerto senza dover subire l'assalto delle orde minerarie sottostanti, fu Grant Phelps, che si affrettò a costruire un grande bar con tutti i suoi accessori per facilitare il relax e l'intrattenimento per i nuovi abitanti della città, senza che potessero mancare nel loro stabilimento nulla che altri simili potessero offrire loro a Tombstone.

Lì si spedivano whisky buoni e cattivi, secondo lo stato economico del cliente; c'erano jin, gin, rum e altre bevande; Lì c'erano tavoli da gioco per chi aveva una fortuna da perdere e per chi aveva solo un dollaro da distrarre con le carte da gioco, e si potevano trovare anche alcune ragazze disposte a servire con piacere i clienti rudi ea renderli più simpatici. ore di divertimento.

Molte cose sono state dette su Phelps senza certezza assoluta. Si diceva che non molto tempo prima fosse un avventuriero squattrinato che si era arricchito da un giorno all'altro, riuscendo così ad installare quella lussuosa bisca e di lui si raccontavano gesta abbastanza violente, poiché a quanto pare la sua carriera in Occidente era stata accidentata e piuttosto agitata.

La verità assoluta della sua vita era sconosciuta, ma una parte di essa doveva essere ammessa. Un uomo che osava aprire uno stabilimento del genere in un luogo così aspro, doveva essere molto imposto in quell'ambiente ed essere anche un uomo al quale l'occhio di un puledro presentato frontalmente in qualsiasi momento non gli avrebbe fatto tremare poco o molto.

Grant era un uomo sulla cinquantina. Nonostante l'età e la bassa statura, essendo di statura abbastanza media, era forte come un toro. Era relativamente grasso, ma senza grasso, scuro al punto da sembrare messicano, e non aveva nulla di cui ringraziare Madre Natura, perché il suo viso era grezzo, butterato, con un naso porcino, occhi sporgenti e labbra gonfie e ruvide.

Grant era noto per essere poco attraente, ma cercava di ammorbidire la sua bruttezza radendosi ogni giorno, pettinando i suoi folti capelli neri con cosmetici lucenti e vestendosi con l'eleganza consentita dalla sua figura.

Il suo stabilimento non faceva distinzioni tra i clienti. L'ostentato e il cencioso avevano un posto in esso se avevano abbastanza soldi per coprire le spese, ma tra questa strana clientela spiccavano quegli elementi più importanti di cui si sapeva o si sospettava che le loro attività fossero estese e tra le più importanti e trattati amichevolmente. più sporco, nonostante il fatto che lì ci fossero poche cose moralmente pulite.

Questa preferenza amichevole per certi tipi diffuse la voce che Grant fosse coinvolto, anche se nell'ombra, in tutti i tipi di affari al di fuori del suo stabilimento, ma questo, come il suo record, solo lui e alcuni degli altri lo sapevano con certezza. i suoi amici.

* * *

Tyson Winslow, era un prodotto del Nord America orientale che i postumi della vita avevano gettato nelle vicinanze dei depositi, come la tempesta getta l'asse di una fragile barca distrutta dalla tempesta.

Era nato e cresciuto a Boston, lì aveva iniziato i suoi studi quando era figlio di un commerciante di merceria e lì era precipitato nella miseria, quando suo padre, andando in bancarotta negli affari, decise di non sopravvivere alla miniera e soppresse volontariamente del censimento.

Tyson, un po' disorientato e inesperto nella vita, perse la calma e per difendersi accettò una posizione come viaggiatore itinerante di gioielli nelle regioni occidentali.

Non riusciva a convincere nessuno e le sue note d'ordine erano così scarse che un giorno ricevette una lettera concisa dalla casa che rappresentava. Data la sua inutilità, fu separato dalla sua posizione e dovette usarla come meglio poteva per continuare a vivere, ma non a spese della fabbrica.

E il ragazzo, ventidue anni e con una brutta esperienza di vita, si è ritrovato abbandonato nel bel mezzo dell'Arizona, con pochissime monete in tasca e con un'idea molto sbagliata di cosa significasse stabilirsi lì e lavorare sulle cose che non ho capito.

Girava come una palla di città in città facendo domanda per lavori che non valeva. Doveva lavorare come bracciante nei campi o nelle haciendas, si sprecava piegando la vita nelle fattorie e nei raccolti, soffriva la fame e gli indigenti, e non riusciva mai a disporre di un solo dollaro che non fosse assolutamente indispensabile per il suo scarso mantenimento.

Finché un giorno ha saputo che Tombstone era il paradiso delle illusioni che sognano di fare fortuna in poche ore. Lì la terra scaricava tonnellate di argento sugli avventurieri che dovevano solo presentarsi lì per raccoglierlo e, senza prendere ulteriori informazioni sul caso, decise di presentarsi nel campo minerario pronto per essere uno dei favoriti della fortuna.

Ma quando, dopo mille fatiche, è riuscito a raggiungere il paese di Jauja, ha avuto la delusione di sapere qualcosa su cosa significa essere un minatore. Questo richiedeva pratica, una squadra da sopportare e lavorare, provviste per sostenersi mentre si trovava un filone da sfruttare, e tante altre cose che le mancavano e che sicuramente non avrebbe mai potuto procurarsi.

E dopo una brevissima e movimentata visita alla cittadina dei bronco, decise di abbandonarla. Aveva sentito parlare di Fairbank, dove l'argento non veniva estratto, ma c'era bisogno che la gente lavorasse, e si era trasferito lì nella speranza di trovare un lavoro di qualunque tipo. Gli mancavano i soldi e la vita lì raggiungeva un livello di paura.

"Tombstone Bar", come Grant aveva chiamato il suo locale, attirò la sua attenzione. C'erano camerieri al bancone e in cucina che servivano i pasti per l'adiacente mensa; ci sarebbe voluta gente per lavare i piatti e svolgere altre faccende volgari, e poiché il bisogno era pressante, il suo interesse era parlare con Phelps e pregarlo di fornirgli qualsiasi lavoro, per quanto rude, in modo che potesse sopravvivere senza essere abbandonato alla disperazione o al saccheggio.

Tyson aveva fatto alcune visite al comune durante il giorno per avvicinarsi al suo proprietario. La movida del locale lo spaventava e capì anche che non erano ore per distrarre l'intelligente ed enfatico proprietario. Aveva molto di più di cui occuparsi che prendersi cura di un povero naufrago della vita com'era.

Ma la luce del sole faceva poco rima con le abitudini e le esigenze lavorative di Grant, e le sue visite erano state infruttuose. Per parlare con lui, aveva bisogno di cercarlo da mezzanotte in poi e Tyson, quella notte di inizio primavera, vagava per la città densa e aspra ammazzando il tempo in attesa dell'ora tanto attesa per parlare con Grant.

Si sentiva tremendamente affamato, perché da quasi due giorni non portava nulla allo stomaco e si diceva disperatamente che, se il proprietario del locale non avesse voluto occuparsi di lui e offrirgli qualcosa per guadagnarsi da vivere, la fame avrebbe fatto lui sviene sulla polvere della strada. .

In quell'attesa esasperante, Tyson aveva percorso più volte le strade disallineate e tortuose della cittadina ed erano circa le undici quando, attratto da un certo locale, si era fermato davanti a lui.

Era un figon dove i pasti venivano serviti in abbondanza. Il locale, non molto spazioso, sembrava molto affollato. I tavoli erano affollati di clienti, divorando avidamente il condotto come se fossero affamati quanto lui, e Tyson li aveva guardati con profonda invidia durante i loro passaggi davanti alla porta.

Fu attratto e confortato dall'odore di sego fuso che emanava dalla cucina nascosta. Un odore piuttosto sgradevole che è stato in parte neutralizzato dalla pancetta più morbida e appetitosa.

Il figon, per un migliore appeal, aveva una finestra con una rete metallica piena in assenza di vetro e dietro quella prigione metallica e sull'asse erano ammucchiate scatolette di conserve, delle salsicce, dei prosciutti affettati che avevano acquisito abbastanza un colore viola. sospettosi e alcuni pezzi di bisonte che, perdendo il loro colore sanguinante, diventavano rosa pallido e facevano da esca a una legione di mosche ben nutrite che sciamavano su di loro.

Tyson, di fronte alla finestra, guardava con gli occhi spalancati quelle prelibatezze invitanti e il suo stomaco si sentiva più aggressivo e la sua lingua schioccava all'impossibile banchetto davanti a lui.

Per consolarsi si era procurato un ramo sottile che batteva tra i denti duri. Poteva assaporare il sapore amaro del duro sostituto, ma sembrava dare conforto alla fame.

E inconsciamente, separò il ramo dalla sua bocca e lo inserì attraverso le fessure della rete fino a raggiungere uno dei pezzi di carne con la punta. Non poteva sognare di attirarlo dentro e farlo a pezzi attraverso le piccole fessure, ma si mise a punzecchiare il pezzo e dopo avervi immerso la punta del bastoncino, tirandolo fuori e portandolo alla bocca per succhiarlo. Sapeva di carne e questo sembrava confortarlo un po' di più.

E si abbandonò con tale entusiasmo a quel compito che perse la nozione di realtà, astraendosi in modo tale da non rendersi conto di ciò che lo circondava.

Era dedito a questo strano compito, quando alle sue spalle e pieno di curiosità si fermò un ragazzo davvero notevole che Tyson non aveva ancora scoperto in città.

Era un uomo alto e magro, che doveva aver già compiuto cinquantotto anni.

Nella sua giovinezza doveva essere un uomo elegante e aggraziato e anche bello, perché nonostante gli anni lo avessero molto maltrattato, conservava tratti che venivano accusati di quello che era nei suoi bei tempi.

Il suo viso era pallido e liscio, i suoi occhi grigi e malinconici, il suo naso perfetto e le sue labbra sottili ed esangui.

Aveva folti capelli di capelli grigi lunghi e setosi che si rovesciavano sulla schiena fino a toccare il colletto della redingote, e un paio di baffi fini e ben curati rendeva l'espressione del suo viso ancora più aggraziata.

Indossava un'ampia redingote grigia con gonne ariose, un gilet bianco con macchie colorate e pantaloni a tubo che nascondevano parte dei suoi stivali ben lucidati. La camicia era bianca e chiusa con un colletto morbido e sotto un foulard a forma di farfalla.

La sua testa era intatta, il che gli dava un'aria più attraente, e le sue mani erano lunghe, sottili, con dita molto agili e bianchissime.

Lo conoscevano tutti a Fairbank; si chiamava Cosimo La-more "se quello era il suo vero nome" e faceva il giocatore d'azzardo al tavolo più importante del locale di Phelps.

Cosimo fissò Tyson e indovinò subito la tragedia del ragazzo. Una tragedia che ha colpito molti, ma che la maggior parte si è risolta in modo meno prosaico, non accontentandosi di succhiare la punta di un ramo inserito in un pezzo di carne.

E avvicinandosi a lui gli chiese dolcemente:

"Ottimo banchetto, vero? Potrebbe essere necessaria una bottiglia di bicarbonato di sodio per digerire.

Tyson, imbarazzato come uno scolaro fuorviato, si voltò e con parole spezzate, mormorò:

"Scusa, non me ne sono accorto e...

Voleva scappare, ma Cosimo, afferrandolo per un braccio, lo fermò. La sua pressione, sebbene lieve, diede al giovane la sensazione che fosse stata fatta con una pinza.

"Non scappare, ragazzo. Non sono il proprietario di quei rifiuti e non posso lamentarmene.

Poi, amorevolmente, senza lasciarsi andare, chiese:

"Molto affamato, ragazzo?

Si vergognava di confessarlo. Un giovane vigoroso si umiliò riconoscendo che stava morendo di necessità senza mezzi per guadagnarselo.

"Oh no! Lui" balbettava." Era una cosa meccanica. Ho già mangiato...

"Quanti giorni sono passati dal tuo ultimo pasto?

Non sentì il coraggio di continuare a mentire e confessò:

"Due.

"Wow. Per uno stomaco giovane come il tuo è troppo tormento. Suppongo che un paio di pezzi di quella carne che, anche se un po' vecchia, andrebbe comunque mangiata, un pezzo di pancetta, un po' di torta e un bicchiere di birra ti fa sentire come nuovo, vero?

Tyson ha supplicato:

"Non prendermi in giro tormentandomi di più. Non sono pigro e cerco lavoro, ma fino ad ora non l'ho trovato. Ho sbagliato a credere che essere un minatore fosse qualcosa di più semplice e facile, e ora sono bloccato qui senza mezzi per andare da nessuna parte. Sto cercando qualcosa in cui posso vincere il più preciso e sono in grado di accettare il più basso per risolvere il problema.

"La cosa più bassa, ragazzo, è uscire sul sentiero per assalire un minatore o derubarne uno nel buio di una strada.

"Non mi riferivo a quello, ma al lavoro.

"Beh, potresti trovarlo, ma ti stancherà così tanto che non sarai in grado di sollevare una piuma da terra. Passa lì con me.

"Non posso; gli ho detto che non ho un lavoro e non ho nemmeno un soldo e...

“Ti invito, ragazzo. Non sono un altruista per dare da mangiare a tutti gli affamati qui a Fairbank e non lo farei nemmeno, anche se potessi, perché la maggior parte di loro non merita la spazzatura che lascio all'ora di pranzo, ma tu mi sembri diverso. Ti aiuterò per stasera a risolvere il tuo problema e chissà se domani varrà la pena da solo per risolverlo.

“Oh, non so come ringraziarti! Non conosco nessuno qui che mi presti un dollaro, ma quando lavorerò li ripagherò.

“Non ti preoccuperai di questo, ragazzo. Non faccio beneficenza con le entrate e posso permettermi di pagarti una cena e parecchie. Guadagno molto e non devo preoccuparmi di quello che mi metto dietro la schiena, perché la mia schiena è priva di peso. Dai dai.

E lo tirò nel figon.

Un tavolo era stato appena lasciato libero e Cosimo vi condusse il ragazzo. Presto Tyson si rese conto che il suo patrono era una figura importante in città, perché il cameriere appiccicoso che veniva ad assisterlo lo accolse calorosamente e con rispetto.

"Buona sera, signor Lamore" salutò. Come di solito?

"Se lo stesso. Inoltre, servirai a questo ragazzo un po' svogliato due buoni pezzi di roast beef con patate, un po' di pancetta fritta, ma piuttosto alta, una buona fetta di torta e una mela cotta. Mettigli anche un boccale di birra nel caso abbia difficoltà a deglutire tutto questo.

Il cameriere sorrise comprensivo. Apparentemente questo non era un caso isolato nella vita generosa del giocatore d'azzardo.

«Ho capito, signor Lamore. Ordinerò che la carne sia abbastanza abbondante.

“Sì, e comincia a servirgli qualcosa prontamente, perché se non dice che il suo piccolo appetito se ne andrà.

Parlava scherzosamente, ma con gioia, senza l'intenzione di infastidire o ferire i sentimenti del ragazzo, e il ragazzo, con gli occhi vitrei che si sporgevano e si sforzava di scoppiare in lacrime di infinita gratitudine, non sapeva ringraziare Lamore per il suo provvidenziale Aiuto.

CAPITOLO II
IN BRACCI DI FORTUNA

Mentre Cosimo mangiava pochissimo e quasi a malincuore, Tyson divorava avidamente la roba forte che gli era stata servita. Era passato molto tempo dall'ultima volta che aveva avuto un eccesso di quella natura, e la sua gratitudine per il giocatore d'azzardo aumentava bruscamente mentre il suo stomaco si riempiva fino all'orlo.

Cosimo lo guardò, ma non gli fece domande. Gli lasciò calmare la fame, ma sorrise soddisfatto. Per lui quel momento non sarebbe cambiato per quello di maggior successo con alcune carte in mano.

Quando fu servito il dolce di mele, Cosimo chiese:

"Dall'Oriente, amico?

"Sì signore; da Boston.

"L'ho capito dal modo in cui ha parlato. Bella popolazione.

"La conosci?

"Conosco molte città; a volte penso che ce ne siano molte di più di quelle che mi sarebbe stato comodo sapere, ma tu non devi preoccuparti per me. Com'è stato cadere in questo inferno, ragazzo?

Tyson gli ha dato un resoconto della sua vita e quando ha finito la storia, il giocatore ha commentato:

"Mi rendo conto, ma penso che questo non sia l'ambiente più favorevole per te. Si spera che non si passerà dal lavare i piatti in cucina, a meno che non si decida di seguire l'esempio degli altri.

«Non è una mia idea, signore. Vorrei lavorare, salvare qualcosa e lasciare questo. Mi piacerebbe di più lavorare in una fattoria, anche se ho già recitato in una e mi hanno detto che era inutile.

"Tutto è questione di pazienza e volontà. Ecco, beh, non lo so... qual è la tua idea?

«Lo stesso che hai indicato. Chiedi un modesto lavoro in lavastoviglie o qualcosa di simile.

"Non ci sono molti posti tra cui scegliere... Come ti chiami?

"Tyson Winslow. So che ce ne sono pochi, ma avevo pensato di chiedere un lavoro al proprietario del Tombstone Bar. Il posto è grande, ha molto lavoro e forse...

"Hmm! Non lo so. Conosco bene Grant e ti dirò che come maestro è ruvido come la sabbia.

"Ma c'è poco da scegliere. dici di conoscerlo?

"Lavoro nel suo comune.

"Cosa lavori con lui? Credevo...

Rimase in silenzio. Cosimo, sorridendo, indicò:

"Cosa hai pensato?

"Oh niente! Pensavo che avresti vissuto in modo indipendente. Non riesco a immaginarlo a lavorare in quel locale.

"Perchè no?

"Beh, perché... il suo tipo, la sua aria, il suo modo di comportarsi sono quelli di un signore e lì questi...

"Signori scioperano, ok, ma ho smesso di esserlo molto tempo fa e sono nel mio ambiente; ragazzo giovane. Un giocatore d'azzardo non può mai essere migliore che in un posto del genere.

"Mi assumo la responsabilità. Mi dispiace di aver detto qualcosa che...

"Non mi hai offeso. Ognuno accetta ciò che il destino gli impone. Anni fa, tanti anni fa, avrei riso se qualcuno avesse predetto che sarei venuto al "Tombstone Bar" e invece vedi...

"Sì, sì", rispose Tyson, agitato. La vita impone tanti sacrifici e bisogna rassegnarsi. Chissà se un giorno potremo allontanarci da tutto questo.

"Tu, sì; sei giovane, vigoroso, devi avere aneliti, anche se la fortuna non ti ha lasciato pensare all'aldilà; Ma io... la mia vita declina, le delusioni spengono tutte le illusioni e solo la materialità del vivere mi costringe a difendere questa stupida vita così inutile e sporca, ma a cui ci aggrappiamo come se valesse davvero la pena lottare. Sono caduto qui, mi sono fermato a questo dosso della strada e se non rotolino più so che non lo farò alzati ancora più in alto, devi dimenticare il passato per vivere nel presente e basta.

Consultò il suo orologio nascosto nella tasca del panciotto logato protetto da una grossa catena d'oro e disse:

"Scusa, ragazzo, ma devo lasciarti. È giunto il momento per me di agire e questo non ammette ritardi.

"Ti capisco. Non so come ringraziarti per quello che hai fatto per me stasera. Mi ha sollevato il morale e ora mi sento in grado di combattere ferocemente per farmi strada. Forse ci vediamo quando vado a parlare con il signor Phelps.

"Mi vedrai, ma non potrai parlarmi, perché durante il mio lavoro ho ancora pochi occhi per confrontarmi con lui. Parla con Grant e quando avrò finito il lavoro di stasera, se necessario, parlerò anche con lui per consigliarti. Ora non potrò divertirmi.

"Grazie. Ti ho già dato abbastanza problemi.

"Nessuno, ragazzo. Se posso fare qualcosa per te, lo farò. Ci vediamo in giro.

E con un grazioso gesto della mano ha salutato Tyson.

Quest'ultimo lasciò il figon pieno e con un'aria meno cupa. In un momento cruciale della sua vita, la fortuna si era mostrata propizia con l'aiuto di quell'uomo strano ma generoso, e questo sembrava di buon auspicio. Forse Grant sarebbe stato anche umanitario con lui e gli avrebbe offerto un lavoro nel suo comune con cui iniziare una nuova vita.

Dopo aver fatto un giro per il villaggio, verso mezzogiorno si diresse al Tombstone Bar. L'ora era propizia e il grande locale era gremito di clienti.

Quando entrò, il pianoforte verticale, giunto lì chissà con quali sforzi, annaspava una melodia cadenzata e al centro, vuoto di tavoli, alcuni minatori rudi e maleducati ballavano come orsi pesanti con le ragazze, la cui missione non era altro che sopportare la ruvidezza e il peso di quei mastodonti.

Dentro risuonava un fragore fragoroso. Risate, voci aspre, imprecazioni e richiami ad alto volume contrastavano con il rumore dei bicchieri e delle bottiglie che stappano le nuove bevande e con il caratteristico rumore dei dadi. La musica è stata relegata in secondo piano come un'armonia di sottofondo.

Tyson entrò spaventato. Aveva visitato pochissimi posti del genere e si sentiva in essi come uno strano uccello, a parte il fatto che sapere di essere squattrinato lo metteva in una situazione violenta, dal momento che non poteva nemmeno sedersi a ordinare il più modesto ed economico bevanda che veniva servita nella bisca.

Dalla porta sbircio l'inconfondibile sagoma di Phelps. Non riusciva a localizzarlo e questo lo costrinse a compiere un gesto di disgusto.

Ma invece, in fondo, ha scoperto il giocatore d'azzardo. Poteva essere inequivocabilmente localizzato, non solo per la sua spiccata personalità, ma perché seduto su uno sgabello imponente a dominare il lungo tavolo si alzava di quasi un metro sopra il livello generale dei punti.

Ma Cosimo non lo vide. Era molto attento al gioco e a quel tempo per lui non esisteva altro mondo che la ruota della roulette e la lunga racchetta con cui spazzava il panno.

Tyson ha osato andare avanti e fare una passeggiata come se cercasse un tavolo. Esaminava distrattamente tutto ciò che aveva a portata di mano, e così i suoi occhi erano fissi con preferenza sulla mezza dozzina di ragazze che servivano da distrazione ai minatori e agli altri clienti per animare la danza.

E tra tutti loro, una ragazza bionda relativamente magra, ma dalle forme molto femminili, che ha ballato con un individuo ben vestito e anche un bravo ballerino, ha catturato la sua attenzione in modo particolare. Erano un'ottima coppia e non sapeva se questo fosse ciò che lo costringeva a concentrarsi di preferenza sulla ragazza.

Tyson immaginava che avrebbe avuto più o meno la sua età. Aveva i capelli biondi lucenti, pettinati con grazia. I suoi occhi azzurri erano candidi e malinconici, la sua carnagione rosea e le sue labbra sottili e ben tracciate.

In contrasto con il resto dei suoi coetanei, non aveva bisogno di ricorrere a abiti appariscenti per distinguersi. Al contrario, indossava onestamente una camicetta azzurra chiusa al collo, una gonna nera lunga fino alla caviglia e scarpe con tacco medio dello stesso colore.

Eppure c'era qualcosa di speciale nel suo portamento distinto e nella sua figura serena e aggraziata che la rendeva potentemente attraente.

Tyson la fissò mentre ballava accanto a lui e si disse che questo era il tipo di donna che gli era sempre piaciuto, anche se questa, dall'ambiente in cui stava lottando, non sembrava possedere le qualità totali della sua preferenza.

Ma la sua silenziosa contemplazione cessò quando scoprì Grant che era appena uscito da una porta sul retro nella confezione di un principe circondato dalla sua corte.

Phelps attraversò la stanza diffondendo sorrisi e saluti, e Tyson, vincendo la sua timidezza, iniziò a camminare per interromperlo e avvicinarsi a lui con la sua richiesta.

"Per favore, signor Phelps! "Ha mormorato." Saresti così gentile da accompagnarmi un momento?

Il suddetto lo ha misurato su e giù con il suo sguardo acuto. L'aspetto umile del suo interlocutore e il suo abbigliamento malconcio non lo predisponevano a suo favore e con un gesto evasivo rispose:

"Ragazzo, qui non è consuetudine mendicare.

Tyson arrossì e quasi soffocato balbettò:

«Non sto implorando, signore.

"Allora cosa vuoi?

"Chiedi qualcosa, ma nobile. Sono qui senza lavoro e senza un soldo. Erano due giorni che non mi mettevo niente in bocca e se stasera ho cenato è stato per la gentilezza di un uomo generoso che, conoscendo la mia fame, mi ha invitato a saziarlo. Volevo solo chiederti un lavoro. Hai un buon affare, avrai bisogno di persone per certi compiti, lavare i piatti, spaccare la legna, non so, qualcosa per giustificare uno stipendio e volevo pregarti di fornirmi qualcosa per guadagnare anche per mangiare. Pensi che sia troppo chiederti di avere tutto in abbondanza?

Grant lo guardò freddamente e disse:

"E non ti vergogni a chiedere un lavoro di quella base qui, quando sei un uomo giovane e forte con le condizioni per vivere di qualcosa di più produttivo?

"Non so cosa; dimmelo.

"Non credo che sia accurato. Quei lavori che chiedi rimangono per gli esseri vecchi e inutili. I giovani che si abbassano in modo così degradante non hanno niente a che fare in un ambiente come questo. Qui si arriva a guadagnare con qualsiasi mezzo e quando si è giovani e determinati si trova sempre il modo di vivere relativamente bene con un po' di audacia e un po' meno di scrupoli. Sei solo a poche miglia da Tombstone, il centro minerario più duro dell'Arizona, e non in una città dell'est. Non te ne rendi conto?

"Cosa mi proponi, di farmi ladro?

"Non ti propongo nulla, ti indico un percorso e ti avverto affinché ti rendi conto di aver sbagliato. Se non hai voglia di fare più di quello che chiedi, la cosa migliore da fare è prendere il sentiero e dirigersi a nord.

Tyson era deluso e arrabbiato allo stesso tempo. Questo furfante giudicava tutti con lo stesso metro e si divertiva a spingere gli uomini verso il male. Affrettando la sua pazienza insistette:

"Scusami, ognuno ha una concezione della propria vita. Io voglio solo lavorare, anche solo modestamente, non potresti concedermi un lavoro del genere? Se lo riservi a uomini più grandi, un giovane ti renderà sempre più utile.

Grant, spingendolo dolcemente verso la porta, rispose:

"Non insistere. Mi dispiace per aspirazioni così miserabili e assurde. Pensa al mio consiglio che vale più di un lavoro del genere.

Ma Tyson, disperato, era riluttante ad andarsene senza cercare di spostarlo.

"Per favore," insistette, "anche se è per la più piccola cosa che c'è, ma dammi qualcosa.

Phelps ringhiò con rabbia:

"Basta, stupido. Ti ho detto che non ho bisogno di te.

Con una spinta terribile lo scagliò contro la porta girevole con la quale urtò, venendo scaraventato all'indietro.

In quel momento, due ragazzi alti e robusti, tra i trenta ei trentacinque anni, stavano per spingere la porta girevole per entrare nello stabilimento. Entrambi erano vestiti modestamente con camicie a quadri, pantaloni di jeans blu e stivali alti di pelle. La loro vita flessibile era cinto dall'ampia cintura da cui pendevano i pesanti puledri, e le loro teste si toccavano con l'ampio cappello da cowboy grigio perla con larghe falde e corona ammaccata.

Quando volevano rendersi conto di cosa stava succedendo dall'altra parte della porta, il corpo di Tyson è caduto all'indietro su di loro e le braccia ruvide dei due visitatori sono servite da paraurti per impedirgli di sbattere la schiena nella polvere della strada.

Uno di loro ha commentato sarcasticamente:

"Giovane, qui la gente tende a fare di tutto per evitare di urtare qualcuno. Uscire sulla schiena è troppo pericoloso, soprattutto se incontri uomini meno calmi di noi.

Tyson, confuso e pallido, balbettò:

"Mi scusi, non l'ho fatto di mia spontanea volontà. È stato quel porco di Grant che inaspettatamente mi ha buttato così.

"Ah andiamo! È stata opera di Phelps. Cosa gli hai fatto?

Chiedigli un lavoro.

"Che ne dici, ragazzo? Lavoro Grant?

"Sì, ero disperato e senza cibo da due giorni e ho osato chiedergli qualcosa per guadagnarsi da vivere. Un quadrato di lavastoviglie, per tagliare legna da ardere, qualunque cosa. Mi ha preso in giro e mi ha consigliato di diventare un ladro che è più produttivo. Come ho insistito, mi ha gettato in questo modo.

I due nuovi arrivati si guardarono e sembravano capirsi con quel gesto perché uno di loro commentò:

«Non puoi aspettarti altro da Grant. Dal momento che non ha guadagnato i suoi soldi predicando, crede che non ci siano modi più pratici per guadagnarli.

E voltandosi a guardare il compagno, chiese:

"Cosa ne facciamo di lui, Corny?

"Come vuoi, Caleb.

"Beh, ragazzo, dici che non mangi da due giorni...

"Questa sera sì. Non mangiavo da due giorni e questa sera, mentre stavo disperatamente infilando un pezzo di carne con un ramo attraverso le maglie di una vetrina, un uomo gentile mi ha scoperto e mi ha invitato a cena. Era stato molto tempo da quando ho messo così tanto nel mio corpo, ma domani ...

"Hai detto che c'era un uomo che ti ha fatto questo? C'è solo uno qui capace di un tale genio. Scommetto che era Cosimo Lamore.

"Sì, signori, lo stesso e ha promesso di aiutarmi se poteva.

"Beh ragazzo, come ti chiami?

"Tyson Winslow.

"Bene, allora, Tyson, puoi unirti a noi per ora. Non mangiamo prelibatezze, a volte non sappiamo nemmeno se mangeremo qualcosa, ma alla fine risolviamo il problema e ci sarà sempre qualcosa per tutti. La fame, divisa tra tre, è minore che tra due, perché tocca di meno. Abbiamo già cenato stasera e abbiamo anche dei soldi per una pinta di birra. Succede con noi.

"Sei molto gentile, ma non voglio appesantire i tuoi risparmi con spese inutili da parte mia. Ti ringrazio ...

«Sta' zitto, Tyson. Le nostre spese non sono mai superflue, perché l'uomo ha bisogno di mangiare, bere, giocare, divertirsi, e mentre ne ha bisogno, qualunque cosa spenda per essa è necessaria.

E lo spinsero dolcemente dicendo:

"Dai, ragazzo, vai avanti.

Tyson, spinto dalla piacevole accoglienza di questa strana coppia, obbedì e spinse la porta oltre i due uomini, mentre indugiavano un momento per fare un rapido consulto.

Grant, non lontano dalla porta d'ingresso, vedendo di nuovo il ragazzo nello stabilimento, indurì i lineamenti del suo volto e avanzando verso di lui ruggì:

"Non ti ho cacciato di qui, pidocchio? Vattene subito se non vuoi che ti butti fuori.

E gli si gettò addosso, afferrandolo per il nodo del fazzoletto, spingendolo a ributtarlo.

Ma in quel momento i due cowboy, se lo erano, stavano entrando dietro al giovane e, osservando l'atteggiamento di Grant, il cosiddetto Corny afferrò per un braccio l'iracondo Phelps e lo strinse con sufficiente forza e con freddezza ordinò:

"Quieto viene con noi.

Grant capì che l'ordine lo irritava e lo faceva apparire ridicolo agli occhi della gente e cercando di eludere l'ordine ringhiava:

"L'ho buttato fuori di qui e...

"Basta, Grant," lo avvertì Caleb bruscamente. "Questo è un locale pubblico e c'è spazio per tutti quelli che vengono a spendere soldi. Ho detto che lui viene in nostra compagnia e basta.

Il giocatore tese i muscoli e il suo braccio cominciò a inclinarsi leggermente verso la vita, ma il movimento fu leggero e immediatamente corretto. I due uomini, anche più leggeri di lui, avevano già le mani sui fianchi.

"C'è qualcosa che si oppone alle mie parole? Caleb chiese beffardo.

Grant, cercando di nascondere la sua rabbia, rispose:

"Se è supportato da qualcuno con una garanzia, niente.

"D'accordo. Dai, ragazzo, c'è un tavolo lasciato libero; portaci tre whisky.

Phelps si voltò ei tre si precipitarono al tavolo. Tyson, che aveva seguito con vivo interesse l'intera fase del dialogo, mormorò:

«Non mi piace il modo in cui li avete guardati, signori. Mi dispiacerebbe se avessero un'antipatia per lui per me.

"Non preoccuparti, ragazzo. Qui hai antipatie per contemplare la luna. Grant farà molto bene a prendersi cura degli affari e a non cercare complicazioni pericolose, perché molti si trovano sulla sua strada senza cercarli.

Il whisky è stato servito. Tyson lo stava fissando con paura, perché era una bevanda che aveva assaggiato di rado e conosceva i suoi potenti effetti su uomini come lui che non erano induriti a sopportarlo.

Ma non osò confessare la sua debolezza o far loro disprezzare per rifiutarla e si preparò a discenderla a piccoli sorsi.

Corny, accendendosi con calma la pipa, esclamò:

"Bene ragazzo, tira fuori la tua storia. Almeno sappiamo con chi ci alterneremo.

Tyson ha dato loro un breve e conciso resoconto della sua vita e del calvario che aveva sopportato, culminando la storia con lo spiacevole dialogo che aveva appena avuto con Grant.

"Questo ragazzo è sempre stato così. Non concepisce nessuno meno furfante di se stesso e se si imbatte in qualcuno che non lo è prova invidia o disprezzo. Beh, a parte questo non sembri essere di grande utilità, amico.

"Dipende da cosa sia", rispose timidamente.

"Intendo quello che qui si chiama servire per qualcosa.

«Se intendi quello che mi ha detto Grant, di certo non lo farò.

"Potresti essere usato per qualcosa di simile, ma nella direzione opposta.

"Non li capisco.

"Mi spiego. Qui servono solo gli uomini nel senso esatto della parola. Se alcuni si dedicano al male e altri al bene, questo è già a parte. In una società corrotta, il male deve essere attaccato con qualcosa di più delle buone intenzioni e ci vogliono uomini duri quanto l'opposto per togliersi di mezzo. Gli indesiderabili sono a bizzeffe qui, quello che alcuni stanno cercando sono quelli sul lato opposto e da quello... c'era un seme molto cattivo quest'anno nel sud-est dell'Arizona.

"Ti riferisci alle autorità?

"No, quando l'autorità si presenterà qui con una certa efficienza, i cimiteri dovranno essere prima svuotati per riempirli di nuovo.

"Poi...

"Ma ci sono alcuni individui che hanno bisogno dell'aiuto di uomini coraggiosi e con una certa decenza per proteggere i propri interessi in assenza di autorità e organizzazioni che li difendano. Ad esempio, sappiamo di una certa compagnia mineraria che ha iniziato ad accumulare argento estratto dalle miniere e ha bisogno di rifornirlo. Devi spostarlo a Tucson e in altri centri sicuri per chiuderlo nelle cassette delle banche e questo è il problema. Mentre la somma immagazzinata non è molto allettante, possono difenderla con relative garanzie contro un assalto, ma quando è grande, la sua permanenza qui è pericolosa e mandarla al bene di Dio, ancora più pericoloso. Per questo hanno bisogno di uomini coraggiosi, capace di non provare più egoismo che ricevere una buona paga per custodire e proteggere quel deposito e che è un mezzo come un altro per guadagnare una buona paga per vivere bene senza la necessità di ricorrere a rapine e aggressioni, ma qui le persone sono attaccate dall'avidità al massimo grado e preferisce la possibilità di un'aggressione, non sapendo se andrà bene o male e se farà soldi, per accontentarsi di un'indennità dignitosa e sicura. Spero che tu mi capisca.

"Sì, sto cominciando a capirlo", rispose Tyson, interessato alle parole del suo compagno di fortuna. Cerchi di reclutare uomini onesti per proteggere quelle spedizioni che devono lasciare il bacino da un momento all'altro.

"Hai parlato come un uomo saggio", ha dichiarato Corny.

“E ti impegnerai a farlo.

“Stiamo cercando di essere in grado di impegnarci, il che non è lo stesso. Abbiamo urgente bisogno di risolvere questo problema, perché le nostre possibilità economiche sono molto scarse e le cose sono urgenti. Tutto dipende dal fatto che formiamo numeri sufficienti per questo.

“Sì, e si propongono di mettermi al tuo servizio.

«Avevamo pensato che potessi esserti utile. Ovviamente non ti diamo la categoria assoluta per giudicarti un elemento eccezionale, ma... se hai coraggio, se vuoi davvero un lavoro onesto dove puoi guadagnare per vivere bene e sei disposto a fare tutto il necessario per raggiungerlo, allora forse possiamo fare qualcosa per te.

Tyson, dopo aver riflettuto eccitato per alcuni minuti, ha risposto:

“Non mi sono mai considerato un codardo, anche se questo ambiente è troppo denso per me e mi sento rannicchiato in esso. La mia gestione di un'arma è molto scarsa, ma farei tutto ciò che è in mio potere per giustificare la mia paga se pensassero che potrei anche essere usato per guidare un carro con l'argento. Dopotutto, avranno bisogno di un autista e ne capisco molto. Quello che potrei fare dopo in un caso disperato non posso garantirlo.

Caleb, sorridendo con simpatia, rispose:

“Parlano così, ragazzo, e io ho sempre avuto più fiducia in chi si è giudicato meno prezioso di quanto pensa di essere, che in chi si è vantato molto e quando arriva il momento critico non è stato all'altezza delle proprie spavalderia. Dici bene; un conduttore d'argento sarà sempre preciso e in mancanza di qualcosa di meglio potresti occupartene tu. Ebbene, al momento non possiamo parlare di più di questo argomento perché mancano abbastanza dettagli, ma è già qualcosa. Mentre le cose si sistemano, vi portiamo da soli e non mancheranno almeno tre pasti migliori o peggiori al giorno. In questo modo non dovrai implorare ragazzi come quel ladro per lavoro, e non sarai costretto a infilare un bastoncino nella carne per scoprire che sapore ha.

"Oh!" esclamò Tyson con gratitudine. "Non sai che quello che mi stai proponendo è qualcosa di così prezioso per me che devo benedire il momento in cui mi è venuto in mente di venire in questo covo per candidarmi per un lavoro di quel tipo. Penso che se avessi a portata di mano una rivoltella , in questo momento gli sparerei proprio dov'è.

Ha parlato esaltato. A poco a poco il whisky scomparve dal bicchiere e la forza dell'alcol cominciava a farsi sentire.

Caleb, sorridendo, rispose:

"Non scaldarti, ragazzo. Quel pezzo è troppo grande per te da collezionare, ma... forse avrai il piacere di guardare qualcun altro che si riempie la pancia di piombo. E ora che siamo d'accordo, festeggeremo l'incontro divertendoci un po'. Si balla qui e queste ragazze sono molto carine. Non perdere tempo e abbinalo a uno.

CAPITOLO III
UN SPIACEVOLE INCIDENTE

Affinché il pianista si prendesse un meritato riposo, il pianoforte era stato messo a tacere e le ragazze svolazzavano per il locale di tavolo in tavolo, chiamate e invitate da alcuni clienti.

Tyson, ascoltando l'invito di Caleb, aveva girato la testa, cercando istintivamente la graziosa sagoma della ragazza bionda, che aveva attirato così tanto la sua attenzione.

Adesso, un po' eccitato dal whisky, era più attratto da lei e un folle desiderio di ballare con la giovane donna lo aveva preso.

Corny notò lo strano luccichio nel suo sguardo e la direzione in cui stava andando e sorrise, dando una gomitata al suo partner. Poi commento:

"Ti piace, ragazzo?

«Molto, non lo nego.

"Non hai cattivo gusto. Sono molti qui che ammirano la ragazza, ma Betty, "la bionda", è uno spuntino squisito ma difficile per molti palati. Abbastanza stranamente, bisogna ammettere che è una ragazza perbene, che è stata gettata su questa spiaggia sporca dall'assalto della vita come una nave rotta. Ci vogliono arresti per saper stare saldi in mezzo a questa lebbra che la circonda, anche se... forse è servito da scudo in qualche parte che Grant...

Quando Corny non concluse il commento, Tyson, esaltato, esclamò:

" Cosa intendi?

"Niente di concreto. Grant è infatuato di Betty, anche se lei lo costringe ad accontentarsi dell'adorazione platonica. La paga bene, veglia su di lei come una tigre e questo costringe molti a guardare cosa fanno di lei. Dopotutto, Betty è non è stupido e sa come approfittare di questa pericolosa situazione.

"Ma... stando così dicono, perché non se ne va?

" Dove? Forse a Tombstone l'avrebbero pagata meglio in qualche posto, ma che dire del pericolo che corresse da sola e senza nessuno a guardarla le spalle?

«Comunque, potresti lasciare questo inferno e andare in Oriente.

"Lei saprà perché non lo fai. Non sempre ottieni quello che vuoi nella vita.

Caleb si alzò dicendo:

"Balliamo. C'è Carole che mi sta chiamando. Dai, ragazzo, vai avanti e se ti piace Betty, chiedile di ballare. È la sua missione ed è obbligata a non rifiutare.

Tyson non esitò, e incoraggiato da quello strano fallimento che gli bruciava nelle vene, andò dritto da Betty, invitandola a ballare.

La ragazza, indifferente, non si rifiutò, e lui le abbracciò dolcemente la vita, per lanciarsi nelle delizie della danza.

Corny, un po' teso, esclamò:

"Caleb, hai sbagliato a mettere il bambino in questo nido di vespe. Dopo quello che è successo, temo che Grant non sarà molto contento che io balli con Betty e faccia qualche umiliante maleducazione con lui. Il ragazzo non è maturo per queste bevande.

"Forse, ma devi allenarlo. Vediamo cosa succede, e se le cose si mettessero troppo male per lui, cosa dipingeremmo se non io e te qui?

"Beh. Comunque, penso che un giorno ci imbatteremo in lui. Grant è più di un semplice operatore di una bisca, e un giorno emergeranno prove contro di lui.

Nel frattempo, Tyson ballava con la bionda e sembrava dimenticare tutto ciò che lo circondava.

Ma Grant si era accorto della malizia escogitata dai due amici, e mentre Tyson ballava con Betty, perse il controllo dei nervi e, avanzando impetuosamente tra i gruppi di clienti che gli sbarravano la strada, raggiunse la coppia e stringendosi per un braccio il giovane, lo tirò violentemente e sebbene Tyson cercasse di mantenere l'equilibrio quando lasciò la sua compagna, non poté impedirsi di essere sbalzato dalla trazione selvaggia, cadendo a terra.

Ma Grant, fuori di sé, si chinò su Tyson e gli afferrò il collo, urlando:

"Vattene da qui, sporco mendicante! Vattene da qui, te lo dico, se non vuoi che ti trascini fuori! Sei troppo schifoso per permetterti di ballare con Betty.

Tyson digrignò i denti furiosamente. Si sentiva aggredito e il fatto che lo avessero messo in una situazione così violenta e ridicola, sottoponendolo alla curiosità e forse allo scherno di decine di occhi, gli infiammava ancora di più il sangue. Aveva odiato il giocatore presuntuoso fin dall'inizio, e questo odio era culminato nella minaccia che gli aveva appena lanciato.

E rivoltandosi avventatamente contro di lui, gridò:

"Ehi, lei è qui per questo e non farmi quelle minacce, perché...

Betty, che aveva reagito, perché conosceva molto bene Grant, cercò di impedire una lotta molto impari e voleva mettersi tra di loro, ma così facendo, Phelps, che si era scagliato con impeto contro il giovane, non trovò altro modo per deviare lei dal suo cammino che alzando il braccio e lasciando cadere la mano sul viso della ragazza, che emise un ululato come se fosse stata morsa da un serpente a sonagli.

L'azione vigliacca del giocatore d'azzardo fu l'ultimo sprone per Tyson, il quale, in maniera selvaggia, saltò su Grant e prima che avesse il tempo di alzare nuovamente il braccio, ricevette un feroce pugno sul mento e rotolò grottescamente sul pavimento del locali. come uno strano rospo.

Ciò fu superiore alla sua resistenza e, alzandosi il più presto possibile, lasciò che i suoi occhi riflettessero tutto il male e la crudeltà di cui era capace e mise una mano al fianco per estrarre la rivoltella e sparare a quel nemico inaspettato, che, senza un'arma un po' alla cintola, non c'era niente che potesse fare per evitare di essere colpito.

Ma in un modo inaspettato, sono emerse due braccia con due "Colts" ai lati del giocatore e la fredda voce di Corny che ammoniva:

"Attento, Grant, quell'uomo non ha altre armi che i pugni per difendersi e con esse lo ha attaccato. Se non sei in grado di rispondere con le stesse armi, mettiti in un angolo come i topi, ma non appellarti all'omicidio codardo. Quando ti metti in mostra come uomo, devi dimostrarlo.

Il viso di Phelps si era contorto in un sorriso rude. I suoi occhi erano come carboni ardenti e le sue labbra erano livide di rabbia. Guardò Corny e urlò:

«Corny, smettila di immischiarti in cose che non ti interessano. Stai commettendo molti errori e potresti doverli pentire se ti concedi il tempo per farlo.

"Forse, se tutti i ragazzi con cui devo imbattermi sono subdoli come te. Ma abbi cura della tua salute nel caso in cui queste minacce si rivelassero costose ... Non l'ho dimenticato, questo è un monito sincero, perché quando dico che non dimentico una persona è per tenerla presente nelle mie poche preghiere.

Il giocatore si irrigidì e poi, rivolto a Tyson, che era pallido come un morto, urlò:

Esci presto da Fairbank, schifoso indecente; Vattene da qui, perché dove ti ritroverò ti ucciderò come un serpente velenoso.

"Fallo presto, se puoi", esclamò Tyson, "perché se no..., il giorno in cui sarò in grado di maneggiare moderatamente un revolver, ti cercherò senza aspettare che tu mi cerchi e soffierò stacca la testa, per non essere più così codardo, schiaffeggiando una donna indifesa, sei la creatura più spregevole della terra.

Phelps fece sforzi terribili per non estrarre il revolver alla minaccia dei due cowboy, ma c'era una fame di uccidere nei suoi occhi ofidi. Caleb pose fine alla drammatica situazione, ordinando:

"Tyson, vieni avanti. Partire!

Il giovane dubitava. Non era molto soddisfatto di questo finale, anche se capiva a metà che era stato il più fortunato per lui, a causa dell'intervento dei suoi due amici improvvisati, ma il comando tagliente di Caleb sembrò esercitare su di lui fascino e attraversò lentamente la stanza con direzione alla porta, seguito dallo sguardo di tutti i clienti, che erano stati testimoni silenziosi del tragico incidente.

A causa degli effetti dell'evento, il gioco era stato interrotto e Cosimo, dal suo alto seggio, aveva assistito a tutto.

Uno strano sorriso vagava per tutto il tempo sulle sue labbra esangui, come se quella scena fosse stata per lui uno degli spettacoli più divertenti del mondo.

Corny e Caleb osservarono l'uscita del ragazzo senza perdere di vista il proprietario del locale, e quando lo ritennero al sicuro, si prepararono ad imitarlo.

Ma prima di partire, Caleb avvertì freddamente:

"Grant, il gioco d'azzardo è sapere come perdere. Dimentica questo e non preoccuparti più per il ragazzo. È un consiglio leale che ti do, anche se non te lo meriti.

«Te ne do un altro, Caleb. Vai a Tombstone e non farti più vedere da queste parti. Forse ne guadagneranno di più.

"Grazie. Fino a domani, torneremo qui per un altro momento divertente.

E con questa risposta sprezzante, lasciò la bisca, seguito dal suo compagno.

Sulla strada, Tyson si unì a loro. L'aria della notte aveva un po' raffreddato la testa infuocata del ragazzo e cominciava a rendersi conto del pericolo in cui era corso e della situazione tesa in cui aveva messo i suoi due generosi amici.

E scusandosi umilmente, supplicò:

"Perdonami. Non sapevo cosa stesse facendo, ma quel tipo mi ha trattato in modo umiliante e poi... vedi... ha schiaffeggiato quella povera ragazza. Un uomo, per quanto vigliacco possa essere, non può stare a guardare quando vede tanta codardia.

"Non parliamone più, Tyson" dichiarò Caleb dandogli una pacca sulla spalla. Sei stato un po' avventato quando hai sfidato un uomo con una rivoltella al suo fianco, ma ti sei comportato con dignità.

"Non pensavo che l'avrei fatto. Mi aspettavo che reagisse e ammettesse la lotta.

"Ha paura che lo rendano più brutto di quello che è e non accetterà mai di esporsi a farsi picchiare in faccia. Era più comodo e rapido quello che ho provato. Bene, ora devi stare attento per ogni evenienza. Dove hai la tua tana?

"In nessun posto. Ho dormito due notti all'aria aperta, ma oggi Lamore mi aveva messo in tasca due dollari per cercare una locanda.

"Dormirai nel nostro appartamento. Dove due si adattano, tre sono serrati. Partire!

E andarono in una delle due locande della città.

* * *

Con l'assenza di Tyson e dei due cowboy, la calma sembrava essere rinata nel comune. Grant, pallido di coraggio e accusando la traccia del terribile pugno che il giovane gli aveva inflitto, non sapeva come sfogare la sua furia e rivolgendosi a Betty, che, messa alle strette a un'estremità della stanza, sembrava una statua di marmo tanto bianco ed ermetico, muggito:

«La colpa è tua, maiale civettuolo. Stai giocando con me come il gatto gioca con il topo e dimentichi che il mio potere è così forte, che potrei schiacciarti come una formica. Hai abusato del fatto che io ho una certa inclinazione per te, ma se pensi che questo servirà a crearmi situazioni fastidiose, ti sbagli, perché poi dimenticherò ciò che mi attrae e vedrò in te solo uno dei molti che sono passati per le mie mani.

Betty, con voce incolore, rispose:

«Sei odioso, Grant, e anche incomprensibile. Ho un contratto con te che mi vincola e sono schiavo dei miei impegni, ma non al punto da esserne sopraffatto. Il mio obbligo è quello di servire i vostri clienti indistintamente e non ho fatto altro che assolverlo. Se mi avesse avvertito di non ballare con lui, avrei rifiutato, perché non lo conosco né mi importa di nulla, ma, in fondo, è stato più nobile di te, perché ha anche dimostrato che hai il coraggio di alzati per lui. una donna maltrattata, mentre tu...

"Vuoi stare zitto, rospo in gonna? Quel tipo è un idiota che classifica le donne della tua specie.

Betty, come frustata da una frusta, si alzò urlando:

"Basta...! Che dici di me? Sono una donna tanto perbene quanto sfortunata, visto che il destino mi ha cacciato qui per sopportare la sua maleducazione.

" Decente? Beh, almeno te ne vanti. Qui sei solo uno dei tanti assunti per divertire la mafia, e quel ragazzo è un idiota che crea pericoli per difendere il più basso che c'è tra noi.

L'insulto accese la rabbia della ragazza e, allungando la mano per prendere un bicchiere pesante sul tavolo più vicino, lo lanciò con rabbia alla testa di Grant. La sua velocità, evitando lo strano proiettile, gli impedì di riceverlo in piena fronte.

Ma era troppo da sopportare per lui. Dopo essere stato picchiato da Tyson, non poteva ignorare che una donna e più schiava al suo servizio, lo aggrediva anche lanciandole un bicchiere in faccia e come una tigre le saltò addosso pronto a maltrattarla, ma una mano fine e azzimata , è emerso in tempo, tenendole il braccio in aria. La pressione, anche se sembrava delicata, gli dava l'impressione di una tenaglia aggrappata brutalmente alla sua carne.

Si affrettò ad affrontare Cosimo Lamore, che freddamente e serenamente avvertì:

"Va bene ora, Grant. Un uomo non dovrebbe farlo.

«Va' all'inferno, Lamore, e resta dove nessuno ti chiama. Sei solo un giocatore d'azzardo qui al mio servizio e niente di più.

"Solo lì" indicò Cosimo, indicando il tavolo da gioco dove un altro scolpiva nella sua posizione. Qui sono un uomo come un altro e non dire che lavoro per te, perché questo è indipendente. È vero che sono un giocatore d'azzardo, ma non sei tu a tenermelo contro.

"Uscirai anche tu in difesa di quella zanzara morta? Credi che per lei mi lascerò sopraffare e mettere in evidenza? Non credo.

"Non eri lei, ma tu, con la tua intemperanza. Betty ha adempiuto al suo obbligo, e se avevi qualcosa contro il ragazzo, avresti dovuto risolverlo da solo... e in un modo più consono a quello che presumi. Riuscì ad assassinarlo impunemente e non credo che avrebbe aggiunto molta gloria alla sua fama.

"Perché non hai portato un revolver come un altro?

"Forse perché chi muore di fame, se non ha da mangiare a sufficienza, dovrebbe averne di meno per procurarsi un'arma. Forse potrebbe anche essere perché non sa come gestirlo.

"Quindi, non rifugiarti nel non indossare un revolver per garantirti la vita. Chi non ha il coraggio di difendere la sua persona a queste latitudini, non venga.

"È possibile, ma ascolta una cosa. Penso che faresti male a disprezzare quel ragazzo. Pistole o non pistole, ha dimostrato di essere senza paura e... potrei sbagliarmi, ma se hai tempo e impari a maneggiare un revolver, stai attento a lui, Grant, perché non sarà disprezzato.

" Quello? Beh, non farmi ridere, Lamore. Non sarai tu a vederlo sputare piombo dall'occhio a botte di una Colt.

"Sarà perché mi resta poca vita, se no... chissà. E adesso calmati e non fare la stupida. Dai, Betty, ricomponiti anche tu e dimentica questo spiacevole incidente. Quando i nervi sono scatenato, si commettono tante sciocchezze che a volte pesano molto, l'ho imparato nella pratica e mi è servito da lezione.

«Be', ne parleremo. Sono successe tante cose che minano la disciplina delle premesse e hanno creato per me una situazione disdicevole. Le donne devono sempre essere la pietra magica in cui bisogna inciampare quando meno te lo aspetti.

"Sarà perché lo hai voluto.

"Perché lei lo voleva. Sai... beh, per ora non ne parliamo più!

L'incidente sembrava risolto e nella bisca regnava la normale attività, ma Betty, devastata dai nervi e da un terribile desiderio di scoppiare in lacrime, sembrava un automa che si muovesse nei locali, non per sua volontà, ma per una forza superiore che l'ha spinta a seguire la routine della sua vita.

Più all'alba, quando il locale cominciò ad essere vuoto e la giovane donna si recò nella stanzetta dove aveva i suoi abiti civili, i suoi nervi si sciolsero come se avessero appena sciolto le cravatte e, cadendo su una sedia, scoppiò in singhiozzi di amarezza.

Cosimo, che non l'aveva persa di vista, forse intuendo come sarebbe finito l'esaurimento nervoso della ragazza, spinse la porta socchiusa del tabuco e, avvicinandosi a lei, posò la sua mano magra sui capelli della giovane turbata e con un accento paterno. , Egli ha detto:

"Forza Betty, sii forte e calmati. Sei una donna di tempra e non dovresti lasciarti sopraffare da queste cose tipiche di qui. Dai, prendi i vestiti e andiamo. Ti accompagno al tuo alloggio.

E lei docilmente obbedì, lasciando la bisca in compagnia del giocatore.

La notte è stata meravigliosa. Nel cielo azzurro intenso, le stelle brillavano come diamanti sparsi, e l'aria era dolce e carezzevole. La strada era deserta e tutto era silenzio e oscurità.

Cominciarono a camminare lentamente. Lamore aveva la pipa accesa e non osò rompere il silenzio che aveva preso la mente della ragazza, finché, essendo parecchi passi avanti, si appoggiò a un muro e gridò con terribile disperazione:

"Vorrei andare a letto stasera e non vedere mai più la luce del giorno.

Dai, Betty, non essere pessimista. La vita ha molti ostacoli e...

"La vita avrà molte battute d'arresto per alcuni, per me è un fardello così pesante e senza alcun momento di sollievo, che ne guadagnerei di più se la finissi.

"Non dire così. Sei molto giovane e ancora non sai cosa può riservarti il futuro. Come la tua croce, molti di noi la portano sulle spalle e perché ci siamo lasciati alle spalle il meglio della nostra esistenza, non possiamo più aspettare che tutto cambi e riservarci qualche compenso.

Ma per i giovani c'è sempre un punto di speranza.

"Cosa sa della mia croce, signor Lamore?

"Niente, anzi, ragazza, perché non sai niente degli altri. Sono un uomo troppo discreto per fare domande quando nessuno si aspetta di confidarsi con me. Ti conosco da tre mesi che sei qui e sei stata una donna così riservata che non hai mai aperto bocca per scacciare qualcosa del tuo ieri. Non ti biasimo, perché sfogarsi con certi elementi tirare fuori spine che feriscono l'anima è come lanciare fiori ai maiali. A volte invece di trovare consolazione per i nostri dolori con queste confidenze sentimentali, ciò che otteniamo è servire da scherno alle persone.

«L'ha detto lei, signor Lamore. Ovviamente non tutti sono come te. Mi sono anche chiesto come e perché sei venuto a fermarti qui.

La interruppe con un gesto, dicendo:

"Quella stessa domanda che mi sono fatto su di te. Gli uomini sono un prodotto talmente volgare che i nostri eccessi giustificano il ritrovarci in qualsiasi ambiente per quanto duro ed esotico possa essere, ma tu...

"Lo stesso. Non lo apprezzi così vedendo come questi luoghi in Occidente sono popolati di disgraziati che...?

«Aspetta un attimo, Betty. Su questo siamo in parte d'accordo. Sono tante le donne, le ragazze che sono rotolate lungo i sentieri della vita e non potranno più rialzarsi. Appartengono tutti allo stesso lotto. Tu, invece, sei ancora molto lontano da questo. Non sono un indovino, ma sono un po' uno psicologo, e non sbaglio ad affermare che, per tua fortuna, nonostante tutto, sei in grado di buttarti fuori da quel sentiero e rispolverarti di strada senza sapere che ne sei macchiato.

"Perché puoi dirlo? Faccio fatica ad ammettere che sei l'unico uomo in grado di credere in me.

"Sarà perché sono l'unico uomo che, somigliando a chi mi sta intorno, è intimamente diverso.

"Penso che sia questo il motivo" disse la giovane donna cercando di trovare i suoi occhi nel buio. Se sapessi ...

"Non voglio sapere niente, ragazza, se non hai bisogno di sfogarti e pensi che io sia degno di conoscere i tuoi segreti nel caso io possa aiutarti a portare la tua croce.

"Oh, sono sicuro che sei l'unico uomo a cui posso fare una confessione!

"Almeno, sarà uno dei pochi che capirò e dimenticherò in seguito.

"Grazie, ma non credo che ci sia qualcosa di vergognoso nella mia vita che mi faccia arrossire, almeno per quanto mi riguarda personalmente.

«Sono sicuro che lo sia, Betty.

Grazie per la tua buona opinione. Oggi mi sento così stanco e angosciato che non ho il coraggio di raccontarti la mia vita movimentata, ma un giorno, non tardando, sarà per me un conforto sfogarmi con qualcuno e nessuno meglio di te. Il mio desiderio in questo momento è sognare che un giorno adempirò al mio contratto con quella bestia di Grant e raccoglierò abbastanza per lasciare questo inferno e marciare lontano da qui, dimenticando tutto ciò che mi circonda.

"Sarà il meglio che puoi fare, ragazza, e se posso aiutarti in qualsiasi cosa, puoi contare su di me. Non sono ricco, nessuno di noi è in questo ambiente, tranne quelli che, come Grant, sfruttano gli altri, ma ho qualcosa che è disponibile per te ad un certo punto se ne hai bisogno.

"Grazie.

Avevano raggiunto l'alloggio della ragazza. Offrì la mano al giocatore e lui la baciò dolcemente sulla fronte. Poi si separarono.

CAPITOLO IV
UN PIANO COWARD

Trascorsero tre giorni senza che nessun nuovo incidente turbasse la quiete alquanto scandalosa e fittizia della bisca.

Betty, in uno sforzo di volontà, si era ripresa riprendendo la sua missione nei locali. Seria, tesa, tesa, mantenne la sua promessa, e in tutto quel tempo Grant non le aveva più parlato.

Lamore, tenero ed enigmatico come sempre, svolgeva i suoi compiti al tavolo da gioco, apparentemente indifferente a ciò che lo circondava, ma continuava a guardare sia la ragazza che l'irascibile Phelps. Sentiva che questa tregua era solo apparente e che un giorno sarebbe sorto un nuovo conflitto che l'avrebbe spezzata.

Perché il giocatore aveva studiato a fondo Grant e sapeva anche che era un uomo presuntuoso e arrogante.

Forse contro la sua volontà si era infatuato di Betty e per lui era un'amarezza insopportabile inciampare nella barriera inespugnabile della sua repulsione.

Quanto a Grant, aveva molte cose tra le mani che lo preoccupavano troppo e, in queste circostanze, sembrava aver relegato in secondo piano questa faccenda fastidiosa. Da allora non aveva più visto Tyson ei suoi due rudi compagni, e questo lo aiutava a mantenersi calmo intorno a lui.

Ha ricevuto molte visite da elementi altamente significativi; scambiava brevi conversazioni a bassa voce con certi clienti e, a volte, portava qualcuno nel suo piccolo ufficio e si chiudeva misteriosamente con lui, senza che nessuno potesse intuire di cosa stesse parlando.

Una notte di giorni dopo, quando il trambusto nel locale era cessato e il personale si preparava a radunare tutto per chiudere, un uomo alto e muscoloso, dall'aspetto sorprendente e altezzoso, arrivò e fece un gesto espressivo a Grant. Quest'ultimo gli fece cenno di entrare nella parte posteriore riservata ad ufficio e dopo aver ordinato che i locali, una volta in ordine, chiudessero, entrò.

L'ufficio era relativamente piccolo e non male arredato. Esigenze commerciali che richiedevano più spazio per lo sfruttamento avevano fortemente compresso lo spazio ed era stata riservata una striscia lunga e stretta per tutto il retro della casa, divisa in due metà. Quello di sinistra era destinato a un ufficio e dall'altro lato aveva costruito tre tabuco perché le ragazze potessero cambiarsi d'abito per il lavoro.

Phelps entrò con una bottiglia di whisky e due bicchieri, e dopo averli sistemati sul tavolo e aver chiuso la porta dall'interno, chiese:

"Che notizie porti, Sttup?

Prese la bottiglia, si versò un buon bicchiere e dopo averlo scolato con gusto, si lasciò cadere su uno dei sedili, affermando:

«Penso di avere delle buone notizie, Grant.

"Questo è un bene per tutti. Parla.

"Confesso che ho avuto un po' di fortuna e questo ha reso le cose più facili. Ma a parte questo, ne vale la pena.

"Comincerò dicendoti che se questi jeans sono davvero dei cowboy, sono più difficili da monitorare e sorprendere di quanto pensassi. Vivono in perenne allarme e devi camminare con i piedi di piombo per essere geloso di loro senza che se ne accorgano nulla. Due giorni fa li ho seguiti a Tombstone, dove li ho visti entrare nella miniera Esperanza, che, come sapete, è finora la miniera meglio organizzata e sfruttata. Mi è stato difficile ammettere che avrebbero chiesto una posizione come scavatori, e ho pensato che la visita fosse dovuta a qualcosa di più intrigante.

»Hanno passato più di un'ora nell'ufficio del tecnico e del direttore e poi, accompagnati da quest'ultimo, che li salutava con una pacca sulla spalla, hanno lasciato il paese e sono tornati qui.

»Per tre notti li ho visti tutti e tre spostarsi da un luogo all'altro, visitando osterie e drogherie e conversando con alcuni elementi con i quali non ho rapporti, poiché non appartengono alla nostra cerchia di amici; quindi, non era facile poter conoscere una parola di ciò che parlavano con tali soggetti.

"Ma il caso li ha portati a contattare Groyn Brandon, un tipo con l'aria di un predicatore che ho segretamente impiegato qualche tempo e che hanno visto pochissime volte in mia compagnia ed è stato lui a farmi indossare. traccia.

Prendendoti per uno dei pochi elementi insospettabili a Fairbank, ti ha fatto una proposta. Quello di accettare un contratto per più giorni con una paga abbastanza dignitosa, di raggiungerli e condurre a Tucson un carro carico di lingotti d'argento che i gestori della miniera di Esperanza devono inviare alla Banca del paese per decongestionare il deposito del mio e per impedire che qualcuno, attratto dal valore di ciò che è già immagazzinato, tenti un colpo di stato contro di esso.

"Dal poco che è stato detto a Brandon, sappiamo che un giorno, non ancora riparato, il carro una mattina partirà da Tombstone, apparentemente carico di sciabiche di paglia, per fuorviare. La paglia coprirà solo la parte esterna per nascondere il vero contenuto e secondo i loro sospetti, sei uomini saranno incaricati di guidare, custodire e difendere la merce.

Due di loro, ovviamente, saranno Corny e Caleb; l'altro, quel giovane che si è unito a loro, e il quarto, il mio amico Brandon, che ha già accettato di unirsi a loro. Degli altri due che devono truccare la festa, non conosce una parola, ma spera di saperlo prima di mettersi in cammino.

Questa è la questione. Come capirai, vale la pena rischiare il carico e, conoscendo l'essenziale, cosa contiene e il numero di uomini che devono difenderlo, abbiamo abbastanza per organizzare il golpe, contando sul mio amico Brandon nel momento critico. staranno al nostro fianco e sarà un tragico cuneo conficcato dentro di loro.

E ora che sai cosa c'è, deciderai cosa fare.

Gli occhi viscidi di Grant brillarono come se la febbre gli avesse dato fuoco. Riempiendo il bicchiere con un battito leggermente tremante, disse:

"Sapevo che sarebbe dovuto accadere da quando ho deciso di stabilirmi qui. Non puoi mangiare argento e devi tirarlo fuori dalle miniere, ma nel caso di un luogo così insicuro, finché non c'è una vera organizzazione qui e nominano un corpo di sentinelle del bacino, avranno ricorrere a trucchi simili per tentare la fortuna. .

"Non credo che potremo sferrare molti colpi, ma portando a termine con successo due o tre buoni, avremo ottenuto abbastanza per non preoccuparci del futuro. Ho tutto ben pianificato e i soldi scompariranno misteriosamente per il momento, e poi partire da qui a dosi e per canali sicuri, senza che nessuno sospetti nulla.

E questa notizia mi rende doppiamente felice, perché oltre ad aiutarci a sferrare un bel colpo, mi servirà soprattutto per vendicarmi di quei tre ragazzi, facendoli sparire quando meno se lo aspettano e senza che loro sospettino quale mano oscura abbia tirato le corde per spedirli all'inferno. Ti prometto una buona parte in questo primo lavoro, se con la spedizione eliminiamo quei ragazzi.

"Quindi resta in contatto con Brandon e io organizzerò tutto il resto. Daremo nove a quei sei ragazzi e poiché godremo anche dell'aiuto di Brandon e con il fattore sorpresa, sarete praticamente dieci contro cinque e basta.

"A tempo debito ti dirò chi saranno gli uomini che metterò al tuo comando per la questione e il luogo in cui combatteranno. Possiamo saperlo solo quando il tuo amico ci dirà con certezza quando il carro partirà e cosa l'itinerario di partenza è e poiché non si può più discutere su questo argomento, lo lasceremo cadere e quando verrà il momento lanceremo l'attacco.

Si riempirono di nuovo i bicchieri brindando al successo dello sporco affare e Sttup lasciò l'ufficio. Quando Grant uscì dalla stanza accompagnando il suo compagno, i camerieri stavano finendo la raccolta.

"Non è rimasto nient'altro o nessuno?

"No, capo. Gli ultimi a uscire sono stati Lamore, che è partito un quarto d'ora fa, e Betty, che è partita pochi istanti fa.

"Va bene, chiudi e vattene.

Grant prese tutti i soldi raccolti dal cassetto del bar e si recò in ufficio, dove in una scatola d'acciaio conservava i soldi insieme ai soldi che aveva già ricevuto dai tavoli da gioco. Quindi, per una stretta scala in fondo, salì alle sue stanze, installate nella parte superiore della bisca.

Non era mai stato così soddisfatto come quella notte. Stava per fare un affare magnifico e allo stesso tempo vendicarsi delle minacce e delle ferite dei suoi tre nemici.

***

Lamore, il giocatore d'azzardo, abitava in una piccola palazzina quasi alla periferia del paese. Era una delle modeste vecchie case di Fairbank, prima che diventasse una città più moderna e rozza, e la proprietaria era la vedova di un ragazzo di campagna, che aveva avuto la sfortuna di mettere la testa a portata di mano della zampa posteriore di un pigro mulo e, quindi, quando ha voluto rendersi conto della sua avventatezza, la sua scarpa gli è rimasta incastrata nel cervello.

La vedova gli aveva riservato una stanza piccola ma pulita. La branda con il materasso di paglia di mais, uno sgabello e una cassapanca erano gli unici mobili che aveva. Aveva anche un lavabo e una brocca di ottone che riempì d'acqua sulla porta quando si alzò.

Quando arrivò al suo alloggio quasi all'alba, come era sua abitudine, non andò subito a letto. Prima di farlo, si sedeva sul bordo della branda, accendeva la pipa e si abbandonava a pensieri che conosceva solo per lo zelo con cui li custodiva.

Quella notte, come altri, aprì il baule per tirare fuori una camicia pulita. Proprio come spazzolava e sistemava con cura i suoi soprabiti sul rozzo attaccapanni che era stato inchiodato al muro, così si cambiava la camicia quasi ogni giorno. Era un uomo pulito e azzimato, che non si lasciava vincere dalla sporcizia e dall'incuria come tanti altri.

Dopo essersi tolta la maglia e averla preparata per il momento di alzarsi, rimase teso davanti al petto, guardandolo con un cipiglio e un gesto di indecisione, come tormentato da un dubbio.

E poi, all'improvviso, si sporse in avanti, raccolse alcuni indumenti che coprivano l'intera apertura, e dal fondo tirò fuori una piccola scatola di legno intagliato, di cui sollevò delicatamente il coperchio. Dal basso estrasse un medaglione d'oro che conteneva il ritratto sbiadito di una bella donna. Sebbene l'azione del tempo avesse impresso sul ritratto una patina grigia, si poteva ancora ammirare la bellezza di quella donna, che doveva essere una splendida bionda, dal viso angelico che apprezzava l'aria triste dei suoi occhi limpidi, forse azzurri.

Cosimo baciò con commozione il ritratto e lo ripose sul fondo della scatola, poi produsse il ritratto di un uomo snello, dall'aspetto virile, attraente. L'uomo ritratto indossava un tipico abito da cacciatore e, a giudicare dal suo abbigliamento, doveva essere a caccia di bisonti e orsi. Sulla spalla portava un fucile a doppia canna e alla cintura un formidabile coltello da caccia. Non c'era più nella scatola. Lamore mise insieme i ritratti e mormorò:

Mi dispiace, mia cara. La fortuna non mi ha mai accompagnato e non mi è stato possibile vendicarmi. L'Occidente è così grande che non sembra così facile come alcuni credono trovarvi un uomo specifico. Sospetto che scenderò al sepolcro senza poter adempiere al giuramento che ti ho fatto. "

E mise la scatola in fondo al petto, preparandosi a mettersi a letto.

Ma improvvisamente qualcuno bussò alla porta. Il Lamore, incuriosito, si chiese chi potesse telefonare a quelle ore del mattino e per ogni evenienza, infilandosi in tasca la piccola rivoltella e con la mano dentro, aprì la porta della camera da letto e uscì nel corridoio per attraversarlo per essere colui che l'ha aperto. la porta.

Prima di farlo, chiese con discrezione:

"Chi và?

Rabbrividì di angoscia affrettandosi ad aprirlo, quando colse la voce tremante e angosciata di Betty, che supplicava:

«Sono io, signor Lamore. io cosa...

La prese per un braccio trascinandola dentro, non senza dare un'occhiata fuori nel caso qualcuno la stesse inseguendo e poi chiese concitato:

"Betty, per favore parla! Che succede?

"Oh, qualcosa di terribile! Beh, non esattamente io, ma qualcosa di mostruoso, infame, codardo... non sapevo cosa fare e mi sono precipitato a cercarlo. Non so forse ho fatto qualcosa di stupido .

Perché? Quando avrai deciso di farlo, qualche motivo speciale ti avrà costretto Dai, entra e parla.

E la condusse nella sua modesta camera da letto, costringendola a sedersi sul bordo del letto.

"Cos'è successo? Ti ho lasciato solo mezz'ora fa e...

"È stata una cosa terribile, che ho scoperto per caso e siccome non sapevo cosa fare, sono venuto a dirtelo, perché sei l'unico uomo perbene con cui ho a che fare.

"Grazie per il complimento, ma quello che conta.

«L'ho scoperto per caso, signor Lamore. Tu eri già partito e io ero l'ultimo di tutti nel piccolo appartamento dove tengo i miei vestiti.

Come penso tu sappia bene, la parete di legno separa l'ufficio di Grant. A volte mentre mi vestivo lo sentivo agitarsi dentro, ma non ho mai dato importanza a questo fatto.

Ma stasera è successo qualcosa di insolito. Mentre mi cambiavo d'abito in silenzio, ho colto una voce di conversazione dall'altra parte del tramezzo e mi ha sorpreso che, a tali ore, Grant avesse una visita e senza poterlo evitare, ero tentato di sapere chi era, quello di cui stavano parlando e applicare l'orecchio al setto.

E ho sentito qualcosa di terribile, signor Lamore. Il visitatore era Donald Sttup, sai chi è il ragazzo; e stavano parlando di qualcosa che ha colpito il ragazzo dell'altra sera ei suoi due amici.

Ma c'era ancora di più. Si stava preparando un attacco a un convoglio d'argento, che partirà da Tombstone una di queste notti e sarà protetto da questi tre uomini coraggiosi.

Lamore, stupito, chiese:

"Che ne dici, Betty?

"Quello che senti; Lo giuro.

"Parla. Raccontami ogni dettaglio senza dimenticare nulla.

La ragazza, nervosa, ha ripetuto parola per parola tutto quello che aveva sentito e quando ha finito il racconto, ha aggiunto:

"Per favore, signor Lamore, bisogna fare qualcosa per prevenire questo assalto e, soprattutto, per assassinare impunemente quegli uomini perbene! Ignaramente hanno portato in mezzo a loro il traditore Brandon e sono in grave pericolo.

"Beh, ragazza, non incolparti per così poco.

"Piccolo dici?

"Voglio dire che non è ancora successo nulla di irrimediabile e che tutto può essere risolto. La cosa apparentemente è ancora in embrione e nel tempo che rimane si possono provare molte cose per frustrarla.

"Ma non posso farci niente. Una donna...

"Nessuno te lo chiede, ragazzina. Hai fatto abbastanza per scoprire il furfante e segnalarmelo. Il resto sarà mia responsabilità.

"Sei davvero interessato a evitarlo?

"Puoi star certo che lo farò.

E cosa farà?

"Te lo dirò quando sarà il momento, perché devo studiarlo. Devi stare attento in modo che Grant non sospetti nulla, in particolare su di te e questo richiede un po' di riflessione, ma ti prometto che non commetteranno una tale malvagità.

"Grazie. Non sai quanto peso mi togli con quella promessa.

"Lo capisco, e ora, vai a dormire e fallo senza preoccupazioni. Hai fatto una buona azione e questo dovrebbe aiutarti ad addormentarti con calma. Ma soprattutto, cerca di dimenticare ciò che hai sentito, in modo che questo ragazzo non possa sospettare di te. Renditi conto che non sai niente e che sono io a saperlo.

"Cercherò di seguire il tuo consiglio. Mi aiuterai e meriti anche un sonno tranquillo.

"Ho intenzione di dormire con la tranquillità del giusto, anche se non ne ho molto.

"Non dire queste cose. Sei l'uomo più gentile e gentiluomo che abbia mai messo piede in Occidente.

"E forse il più pazzo e stupido, ma... Okay, mettiamola giù. Dai, ti arrenderai. Discuteremo la questione in seguito.

La ragazza, più tranquilla, ha lasciato la casa del giocatore d'azzardo ed è andata al suo alloggio. Lo fece con tutta modestia, per non essere vista, perché temeva che, se a tali ore l'avessero vista uscire dalla casa del giocatore, i commenti fatti sulla sua visita non sarebbero stati per lei pie.

Quando la giovane fu scomparsa, Lamore si sedette di nuovo sul bordo del letto e si accese una pipa nuova.

La rivelazione di Betty ha rivelato nuove sfaccettature alle attività impure di Grant, e lei stava esaminando la questione da varie angolazioni.

L'arrogante e pomposo Phelps meritava per questo una punizione esemplare e l'avrebbe `ricevuta, ma il colpo doveva essere inferto in modo subdolo e sotterraneo, per impedirgli di scoprire da dove provenisse il colpo; perché se avesse sospettato che Betty avesse sentito tutto quello che era stato detto quella notte in ufficio, la ragazza sarebbe stata in terribile pericolo.

Questa paura era ciò che lo avrebbe costretto a studiare molto a fondo il caso, per non commettere qualche imprudenza che avrebbe avuto ripercussioni tragiche sull'infelice Betty.

E dopo aver riflettuto molte volte sulla questione, ha finito per prendere una decisione drastica.

Avrebbe cercato Caleb e Corny, scoperto il complotto, e poi insieme avrebbero studiato il contrattacco, che doveva essere duro ed esemplare, perché con Grant dovevano essere puniti anche quelli che lo avrebbero sostenuto nell'assalto.

CAPITOLO V
UN AVVISO E UN INCONTRO

Caleb, Corny e Tyson fecero colazione nella modesta sala da pranzo della locanda. La notte prima erano tornati da Tombstone dove i due avventurieri avevano avuto una nuova conversazione con il direttore della miniera di La Esperanza. I loro sforzi erano molto avanzati e avevano già quasi tutto pronto per ottenere i soldi da lì.

Figura eretta e snella, si fermò davanti all'apertura della finestra della sala da pranzo e rimase immobile come distratta.

Riconoscendo il giocatore, Tyson esclamò:

"Sig. Lamore.

E impetuoso, si alzò, andando alla finestra.

"Buongiorno, signor Lamore" salutò.

"Ciao ragazzo! Sei qui?

"Sì, signore, ho trovato due uomini gentili come te e lavorerò nella tua compagnia. Ti va di passare un momento?

"Beh, mi fermerò per non snobbarti.

I due cowboy lo salutarono calorosamente. Lamore si sedette dopo aver scosso il sedile con il fazzoletto e commentò:

«Non li vedo dalla notte del putiferio. Non sono più clienti di Grant?

"In realtà non siamo clienti di nessuno in particolare. Andiamo dove riteniamo opportuno.

"Già! Capisco che dopo, gli animi potrebbero riaccendersi e... forse non è saggio.

"Per chi? Chiese sprezzante, Caleb.

"Beh... per tutti. Non sai mai cosa succederà.

Tyson osò interromperlo, chiedendo:

"Mi dica, signor Lamore... che fine ha fatto la ragazza?

Con Betty? Vabbè, niente di serio. Mi sono permesso di intervenire e tutto è stato risolto.

"Sono contento. Quel barbaro l'ha maltrattata come un codardo e lei desidera solo un giorno poterle ricordare in un modo che non potrà mai dimenticare. Una volta sottoterra, non è possibile ricordare.

«È tutto molto generoso da parte tua, ragazzo. Non ho mai creduto che le donne che sbarcano qui valgano la pena di correre dei rischi, ma confesso che Betty è un'eccezione. Comunque, perché parlare di più della questione?

E di fronte a Corny, indicò:

"Capisco che stai cercando degli uomini che non assomiglino alla maggior parte di quelli che brulicano da queste parti... Dico bene?

Corny e Caleb si guardarono sorpresi, non sapendo cosa rispondere. La domanda era insidiosa, ma era violento rispondere con uno sfogo.

Lamore ha evitato la violenza, aggiungendo:

"Beh, non hai davvero bisogno di rispondermi. Volevo solo avvertirti che potresti sbagliarti su alcuni elementi.

Il commento li sorprese. Da quelle parole evasive cominciavano a capire che Cosimo sapeva dei loro movimenti un po' più di quanto credessero.

«Cosa intende con questo, signor Lamore?

"Molto poco. Posso confessare che le mie simpatie sono per gli uomini che cercano di mantenersi retti e decorosi. Per il resto, anche se conosco pochi di questa classe, ne conosco molti altri del campo opposto. Per esempio, se io avevo tra le mani un lavoro dignitoso che aveva bisogno di aiuto per svilupparlo, diffiderei di uomini come Donald Sttup e Groyn Brandon e penserei addirittura che tra il primo e l'ultimo o viceversa, ci potrebbe essere un terzo strettamente imparentato che potrei essere io ... dannoso, se entrambi come amici che sono di Grant, fossero messi in combinazione con lui.

Caleb si alzò impetuosamente dal suo posto, esclamando:

"Sig. Lamore, cosa sai dei nostri lavori e di quei ragazzi?

"Niente, ragazzi. So solo che, se ne hai qualcuno, ti tradiranno mettendoti in pericolo e siccome sono un uomo non voglio intromettermi in faccende che non mi riguardano e non voglio essere chiamato spia, mi limito a darti un'impressione personale di quei ragazzi, in modo da tenerla a mente, nel caso in cui a un certo punto ti vedessi impegnato con loro.

"Niente di più e ora, felice di vederti bene e augurandoti buona fortuna se hai bisogno di iniziare presto un viaggio, ti saluto.

E salutando graziosamente, lasciò la sala da pranzo, sconcertando i tre avventurieri. Quando hanno reagito, Corny ha commentato:

«Caleb, questo è stato un vero e proprio avvertimento, datoci da quell'uomo in modo sottile e abile. Qualcosa sa del nostro prossimo viaggio e ci avverte di stare molto attenti con Brandon.

"Beh, perché fare riferimento a Sttup e Grant? Non abbiamo avuto a che fare con Sttup, perché lo conosciamo e meno con Grant.

“Sì, ma credo che quello che ha cercato di farci capire è che Brandon deve aver informato Sttup e deve aver informato Grant. Se è così, si può presumere che, se tentano di tendere un'imboscata, chi deve organizzarlo è Grant e chi deve dirigerlo è Sttup.

“Temo che tu abbia ragione. Devono aver formato una catena e siamo in serio pericolo.

“Avremmo potuto gestirlo, ma non più. L'avvertimento è stato provvidenziale e mi chiedo come l'abbia scoperto Lamore.

“Lavora alla bisca. Forse qualche imprudenza di quei ragazzi lo ha messo in guardia e ha voluto avvertirci. Lamore è un giocatore d'azzardo, ma un giocatore onesto.

“Dobbiamo chiarirlo prima che sia troppo tardi. Vado a prendere Brandon e...

"Calmati! Non faremo nulla di tutto ciò, perché non ci conviene. Le cose si svilupperanno normalmente fino al momento critico della partenza. Quindi crederanno che viviamo all'oscuro di ciò che stanno facendo e lo faranno fidarsi di se stessi. All'ultimo minuto, prenderemo misure drastiche e ti sorprenderà come non ti aspetti. Dimentichiamolo come se non sapessimo nulla e continuiamo a trattare Brandon come se lo considerassimo un angelo con la rosa- ali colorate.

“Quello che faremo adesso è andare a Tombstone per parlare con le persone responsabili della miniera e studiare cosa si può fare per avere tutto pianificato.

"Sembra giusto. Andiamo a fare una passeggiata a cavallo. E rivolgendosi a Tyson, ha aggiunto:

“Resterai qui nel caso succeda qualcosa; non hai un cavallo e saresti d'intralcio. Stasera torneremo.

«Be', farò quello che mi è stato ordinato di fare.

Corny estrasse dalla tasca posteriore un piccolo revolver e lo esaminò. Poi lo offrì al ragazzo, dicendo:

“Ecco, è comodo che lo porti in tasca se non vuoi indossarlo alla cintura. Non sai mai cosa ti può succedere.

"Grazie. Ho un po' di apprensione per le armi, ma capisco che qui non si può vivere distaccato da esse e cercherò di abituarmi al loro maneggio.

I due cowboy lasciarono la sala da pranzo e un quarto d'ora dopo stavano cavalcando verso il centro minerario.

Tyson rimase alla locanda quasi tutta la mattina senza lasciarla. Per la prima volta era solo da quando era diventato amico dei suoi due strani compagni e voleva approfittare di quella solitudine per rivedere gli incidenti delle sue avventure passate e guardare un po' avanti.

Senza rendersene conto, stava cominciando a dare una svolta strana e nuova alla sua esistenza. Era sempre stato un uomo calmo e pacifico e ora, per capricci del destino, sarebbe stato costretto ad acclimatarsi al duro ambiente del bacino minerario, unendosi con più o meno successo alla legione di uomini determinati, obbligati dibattere tra il pericolo se volevano difendersi e vivere. Uno strano paradosso, ma da accettare con tutte le sue conseguenze o disertare vigliaccamente. In fondo non era un codardo, ma temeva di non avere le condizioni e la serenità per dimostrarlo.

Un soldato in guerra ha bisogno di abituarsi a sentire senza paura il tuono delle armi ea familiarizzare con il pericolo e non aveva ancora attraversato una tale trance per valutare fino a dove poteva spingersi per entrare in sintonia con i suoi compagni.

Tra l'essere costretto a diventare un ladro per fame e disperazione, correndo gli stessi pericoli, o esponendo la propria vita per una nobile causa, preferiva quest'ultima. E se fosse andata bene, avrebbe guadagnato denaro e, essendo un uomo parsimonioso, avrebbe potuto risparmiare denaro per poi tornare in Oriente per iniziare una nuova vita. A quanto pare hanno pagato bene per il lavoro, e il vantaggio valeva il rischio.

Dopo questo esame spassionato della sua situazione e dopo essersi affermato con fermezza nelle sue decisioni, sembrava sentirsi più calmo e sicuro di sé. Non aveva più dubbi sul futuro e avrebbe seguito la sua strada, buona o cattiva, con passo fermo e sicuro.

Nel pomeriggio si coricava un po' e la sera usciva per una passeggiata in paese

Questo stava cominciando a ravvivarsi. I nottambuli, appagati dal sonno, sono scesi in strada per finire di svegliarsi e quello sembrava un formicaio in cui le formiche umane erano ancora più pericolose di quelle rosse della giungla.

Tyson si allontanò verso la periferia. Non gli piaceva questo ambiente e sembrava sentirsi poco a suo agio tra questi ragazzi, i cui revolver pendevano bassi, li colpivano quasi alle ginocchia ed erano qualcosa che sembrava più di loro

Stava raggiungendo la parte meno abitata a nord, quando, scendendo per una stradina stretta e di pini, con una strada ricoperta di polvere, scoprì una sagoma femminile che avanzava in senso opposto, quasi incollata alle facciate per non dare nell'occhio.

Tyson, che aveva già osservato le poche donne che circolavano per le vie del paese, soprattutto nelle ore in cui gli avventurieri occupavano le strade, credeva che fosse una delle ragazze che si esibivano nel locale di Grant e la guardava incuriosito, ma provò uno strano brivido, credendo di riconoscere Betty in lei.

Immaginò che fosse lei per la sua figura snella, la sua aria distinta e la severa modestia con cui si vestiva. Né la sua gonna, né la sua camicetta, né la sua aria erano per nulla simili all'aspetto e all'abbigliamento delle altre.

Ed era contento di trovarla. Dalla notte in cui si era esposto all'uccisione per averla difesa, non l'aveva più vista ed era un piacere per lui affrontarla di nuovo.

E vincendo la sua indecisione, corse dalla parte opposta per tagliarla fuori.

Betty, rendendosi conto di ciò, cercò di rettificare il suo cammino e di passare dalla parte opposta, per evitare l'incontro, ma anche lei aveva appena riconosciuto il giovane e la gratitudine per il suo tratto nello schierarsi dalla sua parte, sembrava obbligarla a non farlo disprezzo.

E con uno sforzo di volontà continuò ad avanzare, chiedendosi quale fosse l'atteggiamento del ragazzo.

Quando le si avvicinò, si tolse galantemente il cappello logoro e salutò dicendo:

Buon pomeriggio, signorina Betty.

"Buon pomeriggio signore. Chiamami secca Betty, perché qui la gente usa pochi complimenti, soprattutto con noi.

"Non mi interessa come si comportano gli altri, ma come dovrei comportarmi io. Non so come tratterei gli altri, sì.

"Perché questa distinzione?

"Beh, perché so che non sei come gli altri.

"Chi te lo potrebbe dire?

"Una persona che sembra conoscerti bene e che per me merita molto credito.

"C'è solo uno qui in grado di parlare di me in quel modo.

"Allora deve essere lo stesso.

"L'hai vista, dopo... quello?

La ragazza fece la domanda timidamente. Lamore non gli aveva dato un resoconto dei suoi sforzi per evitare che sia Caleb che Corny fossero sorpresi dall'imboscata che stavano cercando di tendere e lui bruciava per sapere qualcosa di concreto.

"Sì" affermò Tyson innocentemente "stamattina era alla locanda con i miei compagni e me.

"Ah!" esclamò con sollievo." E ha parlato di qualcosa di interessante per te?

«Molto, signorina Betty.

"Non sai cosa mi rende felice e mi rassicura che Lamore li ha avvertiti del pericolo in cui potrebbero trovarsi.

Tyson era di guardia quando l'ha sentita. L'istinto gli disse che anche lei era al corrente del segreto di ciò che li minacciava, e decise di ottenere dalla ragazza qualche dettaglio in più sui vagabondi che il giocatore aveva indicato.

"Sì" ha affermato, "ci ha detto tutto.

"Sono contento. Sapevo già che avrebbe fatto qualcosa. Confesso che ero terribilmente spaventato quando ho colto la conversazione di Sttup con Grant e li ho sentiti pianificare la rapina del carro in modo così codardo. Non potevo fare nulla, ma lui poteva, e lo stesso notte sono andato al suo alloggio e gli ho raccontato tutto.

Tyson si morse il labbro, non osando commentare la situazione. Aveva costretto la ragazza a scoprirsi tradendo senza malafede la discrezione del giocatore, che non aveva voluto mettere in primo piano Betty.

Dispiaciuto del suo comportamento inconscio, pregò:

"Senti, Miss Betty, ti prego di non parlare di questo incontro e di ciò di cui abbiamo parlato, raccontandolo a Lamore.

"Perché se lui...?

"Mi scusi. Ci ha avvertito di stare attenti con Brandon, Sttup e Grant nella missione che a quanto pare avevamo tra le mani, ma non ha detto né alluso affatto a te. La sua discrezione e il suo desiderio di lasciarti fuori dalla faccenda hanno costretto lui ad agire con grande discrezione e non ci ha fornito alcun dettaglio di ciò che si tramava contro di noi, non ha nemmeno alluso a come lo avesse saputo.Forse si sarebbe arrabbiata se avesse saputo che l'avevo costretta a rivelarsi, anche se giuro, per quanto si può giurare, che dal mio corpo non verrebbe sparata nemmeno una parola che possa farle del male.

La ragazza rimase un attimo confusa, ma poi, con risolutezza, lo guardò in faccia, dicendo:

"Ti credo e non ho obiezioni ad affermare che ho sentito tutto e posso darti tutti i dettagli che ho catturato. La mia coscienza mi costringe a parlare, e anche se mi portasse un grave pericolo, non manterrebbe il mio segreto.

«Sei ammirevole, Betty, e non so come lodarti senza prendere galantemente le mie parole. Se, come dici tu, non ti dispiace raccontarci tutto, ti sarei grato se potessi darmi qualche dettaglio in più che potrebbe esserci di grande utilità.

"Non ho problemi. Non dirò niente né a Lamore né a te, ma è conveniente che sappiano tutto esattamente.

E mentre camminavano verso il centro della città, le raccontò un breve ma conciso resoconto della conversazione che aveva sorpreso quei due mascalzoni.

La ascoltava in silenzio e le camminava accanto. Mentre attraversava una delle strade trasversali a quella principale, Tyson guardò distrattamente dall'altra parte e alla porta di una taverna, chiacchierando con uno sconosciuto, scoprì Brandon, con il quale aveva già avuto a che fare con i suoi compagni. Il traditore lo vide accompagnare perfettamente Betty e Tyson notò anche Brandon, ma non diede alcuna importanza all'incontro. Questo era un errore di cui si sarebbe poi pentita e anche Betty.

La giovane donna ha concluso la sua storia e Tyson ha risposto rigidamente:

"Non sai quanto apprezzo i dettagli che ci saranno di grande utilità. Non c'è da stupirsi che il signor Lamore ti apprezzi davvero e io mi unisco a lui. È un peccato che sia costretta ad agire sotto la pressione di quel rospo velenoso.

"Lo è, ma non ho scelta.

Perché non provi a liberarti dalle loro grinfie?

"Vorrei poterlo fare, ma non è possibile almeno per ora. Comunque, non parliamo di ciò che non ha rimedio immediato.

" Chissà! Mi hai ispirato con grande fiducia e grande affetto e sei così interessante per me che chissà se possiamo ancora spezzare le tue catene. Non da me, che sono insignificante, ma aiutato dai miei amici che sono duri e molto bravi uomini Devono anche ringraziarla per l'avvertimento che ci salverà tutti dall'essere vigliaccamente assassinati e so che sono uomini che non dimenticano il bene o il male.

"Molto grato per il tuo interesse, ma per ora è meglio che sia così. Un giorno... Comunque, ti prego di lasciarmi. Andremo al Tombstone Bar e se Grant mi vedesse in sua compagnia potremmo essere tutti dispiaciuti.

"È facile anche lui. Non so perché il mio cuore mi dice che un giorno ci ritroveremo di nuovo per saldare il debito quella notte, ma questa volta non sarà in condizioni inferiori da parte mia; ora so che tipo di rettile è e non mi sorprenderebbe.

"Faresti meglio a non affrontarlo mai e mi dispiacerebbe che fosse a causa mia. È un nemico troppo duro per i tuoi denti e non lo dico per offenderti.

"Non sono offeso perché so fino a dove posso arrivare, ma ho tutto il cuore per compensare la mia mancanza di pratica e lotto per la giustizia e il bene.

"Non davanti a un revolver maneggiato con poca nobiltà.

Si fermò, disposta a non continuare il dialogo oa permettergli di continuare ad accompagnarla. Tyson seguì l'esempio e, tendendo la mano, chiese:

"Amici del cuore?

Gli porse il suo, dicendo eccitata:

"Grazie.

E rapidamente, ha iniziato a camminare verso l'articolazione.

Tyson virò verso la locanda. La Notte stava stendendo il suo manto oscuro e temevo di vagare in quelle ore.

I suoi compagni sarebbero presto tornati da Tombstone, e voleva raccontare loro il suo incontro con Betty e tutto ciò che lei gli aveva rivelato.

Capì che mentre avrebbero dovuto ringraziare Lamore per il prezioso consiglio che aveva dato loro, i più grandi ringraziamenti erano dovuti a questa ragazza coraggiosa e sfortunata, che era stata quella che aveva smascherato l'imboscata codarda che Grant e i suoi satelliti stavano tessendo contro di loro.

Mentre aspettava con impazienza l'arrivo dei due cowboy, al locale, Sttup stava intervistando Grant per dire:

"Ho parlato un attimo con Brandon e mi ha detto che domani saprà quando sarà tutto organizzato per la partita e l'itinerario da seguire.

"Molto bene. Niente di più?

"Oh sì! Mi ha detto una cosa che ti interessa.

" Di cosa si tratta?

"Brandon mi ha appena detto che quando era alla porta della taverna di Walter, ha visto Betty passare con quel tipo, per la cui causa hai armato la donna grassa l'altra sera. Sembravano molto animati e ti sto informando in modo che tu ne sia consapevole.

Grant strinse i denti, dicendo:

"Grazie per la notizia. Non sono molto preoccupato per il ragazzo perché, come sai, le sue ore sono contate, ma quando questo sarà risolto, ti giuro che succederanno molte cose. Sono stufo di questo flirtare prendendomi in giro e io sono un uomo che quando perde la pazienza non ripara soluzioni, qualunque esse siano, non importa perché, sicuramente, deve averla cercata per ingraziarsela per il suo gesto quella notte ; ma anche così non ammetto che nessuno incroci il mio cammino, che lo voglio liscio e chiaro. I miei piani su quello stupido ribelle sono delineati e non ci sarà nessuno che incrocia il mio cammino, se non vogliono andare a sollevare malva nel cimitero.

"Va tutto bene, Grant. Ho adempiuto al dovere di avvisarti, il resto sta a te.

"E lo apprezzo, ma può aspettare un paio di giorni o tre. Quello che mi interessa è l'altro. Solo quando Brandon ci darà i dettagli completi sulla spedizione, sarò felice perché organizzerò tutto nei minimi dettagli affinché questo ambito argento arrivi nelle nostre mani.

CAPITOLO VI
GRANDI MALE GRANDI RIMEDI

Era piuttosto tardi quando i due avventurieri tornarono da Tombstone. Tornarono stanchi ma soddisfatti di quanto discusso con i capi della miniera. Tyson, con uno strano bagliore negli occhi, esclamò:

"Ero ansioso di rivederti.

"C'è qualcosa che non va? chiese Caleb sospettoso.

"Accadono molte cose che interessano a tutti noi. Conosco l'intero piano delineato per mandarci all'inferno ed essere in grado di impadronirsi del carro con l'argento.

"Che ne dici, ragazzo? esclamò Caleb. Non mi dirai che sei andato a chiedere a Grant, o che hai costretto Brandon a parlare fuori tempo.

"Niente di tutto questo. Non ne ho visti, ma ho parlato con la persona che ha sentito tutto e poi l'ha detto a Lamore. Era Betty.

" Che dici?

"Sì, l'ha sentito dal suo camerino e si è precipitata a cercare Cosimo per tentare qualcosa per evitarlo. Lamore non osava essere più esplicito, temendo di compromettere la ragazza e nascondendoci dettagli troppo preziosi per noi per avere tutta la trama in mano. Ascolta.

E diede loro un resoconto di tutto ciò di cui aveva discusso con Betty. I due cowboy sorpresi hanno sentito i dettagli e Tyson ha esclamato eccitato:

"Non mi diranno che quella ragazza non vale un tesoro!

"Giusto, Tyson, forse... ha fatto tutto per ringraziarti per il tuo coraggioso intervento in suo favore. Mi sembra bene che tu parli con tanto entusiasmo di lei e finché... ti interessi più del necessario.

Tyson arrossì all'insinuazione.

"No, io... bene, bene..., la apprezzo perché so che è brava e le dovremo persino la vita.

"Non conosci le donne Tyson. Se ti piace, non perdere la speranza perché ascolti bene; Un diamante può cadere nel fango, ma sarà sempre un diamante per chi lo scopre e lo tira fuori dal pantano. E ora andiamo a cena e poi troveremo Brandon. Ti darò istruzioni per domani, così avrai il tempo di informare Grant e il suo satellite.

Quasi mezzanotte lasciarono la locanda per andare alla taverna di Walter, dove avrebbero trovato il traditore. Là stava aspettando e quando li vide chiese con malcelata ansia:

"Tutto sistemato, Caleb?

"Tutto, Brandon. Domani alle dieci di sera ci aspetterai a Tombstone, nel City Bar e lì verremo a prenderti per iniziare la marcia.

"A che ora partiamo?

«Verso le tre del mattino.

"Andiamo a Tucson? Beh, non mi interessa molto dove, ma vorrei sapere se ci andiamo, perché allo stesso tempo risolverei un problema che mi interessa in città.

"Beh, non preoccuparti, puoi risolverlo, perché ci stiamo andando, per la via più breve.

"Sono contento. Immagino che tu abbia preso tutte le misure per essere al sicuro. Questo lo sai già.

"Sì. Faremo sei in totale e ce ne saranno parecchi. Tyson guiderà il carro e noi lo custodiremo.

"Non male. Almeno noi cinque ne varremo una dozzina.

"Così speriamo che accada, così come speriamo che vada tutto bene nonostante il rischio. Lo abbiamo tenuto molto segreto e siamo tutti coinvolti, persone affidabili.

"Non ci sono dubbi.

Il terzetto, con aria cupa, lasciò l'osteria per andare alla ricerca degli altri due elementi che dovevano accompagnarli. Di questi, Corny era sicuro perché li conosceva molto bene.

* * *

La notte successiva a Tombstone, Brandon stava aspettando con impazienza i cowboy. Tutto era stato ben pianificato per attaccarli sulla pista quando rotolarono via dal campo minerario, in un luogo che si prestava all'imboscata.

Alle dieci, Caleb e Corny si presentarono al City Bar per prendere il traditore.

"Dai, Brandon" disse il primo, "ci aspettano alla miniera ed è tutto pronto.

I tre uscirono. Fuori, Tyson stava aspettando.

Si diressero verso le miniere. Accanto a Esperanza fu eretta una caserma dove attendevano gli altri due addetti alla compagnia, oltre al capo ingegnere e al dirigente.

Accanto alla caserma aspettavano due carri, apparentemente carichi di paglia.

Brandon li guardò e ne fu incuriosito. Sapevo che la spedizione era ridotta a un singolo carrello e, se ce ne fossero stati due, il bottino sarebbe stato fantastico.

Incapace di nascondere la sua curiosità, chiese:

"Prendiamo entrambi? Pensavo fosse solo uno.

"Entrambi andranno, ma non preoccuparti, andrà tutto bene.

Entrarono nel padiglione. Senza sapere perché, si sentiva a disagio, perché gli sembrava che i volti di coloro che erano lì riuniti fossero tesi e cupi.

Caleb, con perfetta calma, disse:

"Bene, distribuiremo il lavoro.

Fatto un gesto. Corny, che era venuto a stare accanto a Brandon, con un movimento rapido e deciso afferrò la fondina del traditore e gliela strappò dalla cintura della pistola.

Brandon fece un balzo bianco e balbettò:

"Cosa... cosa... significa questo?

"Niente, non allarmarti; così possiamo fare le cose in modo più sicuro.

E avvicinandosi a lui e puntandogli contro la rivoltella, disse freddamente:

"Bene, ragazzo, ora ci racconterai tutto quello che hai tramato per impadronirti dell'argento ed eliminarci tutti.

Il traditore si sentì preso dai denti aguzzi di una trappola e tremante di panico gridò:

"Sono pazzi? Io sono un uomo leale e...

"D'accordo. Fedele, ma a chi? E poiché non siamo qui per perdere tempo, ti dirò una cosa. Conosciamo le tue confidenze con Sttup, i piani che lui e Grant hanno escogitato per attaccarci lungo il percorso, e il lavoro che hai sono stati assegnati. Parlerai?

"È una bugia! Io...

Caleb gli diede un colpetto sul braccio e gli diede un feroce pugno in bocca. Il bandito, sputando dei denti nel sangue, gridò:

"È falso, falso...! Non ho niente da confessare...

Questa volta è stato Corny a picchiarlo spietatamente. L'indesiderabile rotolava sul pavimento della caserma contorcendosi dal dolore, mentre i testimoni della scena drammatica lo guardavano impassibili.

Brandon continuava a non volersi confessare ei due amici, furiosi, iniziarono a picchiarlo ea prenderlo a calci. Il pestaggio fu così devastante che Brandon, incapace di sopportarlo più a lungo, gridò selvaggiamente:

"Basta! Basta! Parlerò!

"Inizia presto! esclamò Caleb senza permetterle di alzarsi da terra.

«Me l'ha ordinato Stup quando ha scoperto che ero in affari con te. Ha minacciato di uccidermi se non avessi scoperto i suoi piani e avessi dovuto farlo. Hanno teso un'imboscata a nove uomini sul sentiero, dietro alcuni pendii che ci sono, prima di raggiungere un villaggio chiamato Land e lì li attaccheranno di sorpresa.

"E qual è il tuo ruolo in questo bellissimo gioco?

"Io... beh... dovevo sostenerli il più possibile.

"Dovevi in primo luogo assassinare Tyson, per essere il meno pericoloso, e abbattere immediatamente quelli più vicini a te, a seconda dell'assalto.

"Nerd; non quello!... io solo...

"Basta! Conosco il piano nei minimi dettagli e non mi farò ingannare da nessuno, né avrò pietà di assassini traditori come te. Corny te lo darà.

Brandon, immaginando cosa lo aspettava, si lanciò disperatamente su Corny mentre tirava fuori la rivoltella.

Nel breve combattimento, quando il bandito ha cercato di strappare la pistola al cowboy, quello che ha fatto è stato costringerlo a schiacciare il martello e il proiettile ha colpito la sua gola e Brandon è caduto a terra come se fosse stato colpito.

Tyson si coprì gli occhi, incapace di resistere alla scena, ma i suoi compagni si prepararono freddamente ad agire.

"Vai avanti" ordinò Caleb. Questo non interromperà i nostri piani o impedirà alla spedizione di raggiungere la sua destinazione. Stiamo per preparare l'apparato scenico.

Tra i due amici presero il corpo di Brandon e lo portarono fuori. Ci vollero un quarto d'ora per tornare.

"Tutto pronto" disse Caleb "ci verso il nostro carro.

I due carri con i cavalli agganciati erano pronti. Caleb ordinò a uno dei due assistenti che aveva:

"Sai già cosa fare, vero? Conosci il percorso e il luogo dove avevano pianificato di attaccarci.

"Non preoccuparti, tutto sarà fatto come hai organizzato.

«Non appena hai finito, torna indietro e resta alla miniera finché non ce ne andiamo. Se ti presentassi da solo al villaggio, potresti essere sospettato e saresti in pericolo. Andarsene!

Gli altri salirono sul carro carico dell'argento e Tyson, vincendo il nervosismo che lo colse, si assunse la guida. Il veicolo ha seguito il percorso segnato da Caleb.

Tyson osò nervosamente chiedere:

"Se ci aspettano sul sentiero, cosa succederà?

«Niente, perché non ci vedranno. Percorreremo una strada meno facile ma più sicura e lontano da dove ci hanno teso un'imboscata. Torneremo sul sentiero, ma molto più in alto.

* * *

Donald Sttup, con otto uomini ben armati, aveva teso un'imboscata ad alcuni pendii che si trovavano nel sentiero a poche miglia da Fairbank e oltre, anche se non molto da Tombstone.

Secondo i suoi calcoli, all'alba, il carro carico di argento doveva rotolare vicino alle piste e sebbene l'orario potesse essere pericoloso nel caso in cui per strada circolassero mattinieri, non era in suo potere scegliere il luogo e l'ora di l'assalto.

Intanto il carro che doveva fungere da pretesa, rotolava lentamente e nella sua cassa era stato ideato qualcosa di diabolico che avrebbe suscitato rabbia e sorpresa negli assalitori.

L'uomo che Caleb scelse per lei, portando al suo fianco un fagotto informe, coperto da una tela e saldamente attaccato alla scatola.

Era il corpo di Brandon, ma nessuno poteva sospettare che fosse a causa del camuffamento.

L'autista, perfettamente calmo, ha trascorso tutta la giornata alla guida del carro, ma quando si è avvicinato al luogo della trappola, è sceso, ha spogliato il morto della sua copertura, lasciandolo nel box come se fosse davvero il conducente e dopo aver pungolato i cavalli stanchi così che continuarono il suo viaggio, si affrettò a scomparire per intraprendere il ritorno a Tombstone.

Gli animali stanchi, guidati dai propri istinti, continuarono ad avanzare senza deviare dal percorso

Stava per sorgere l'alba quando Sttup, che stava di guardia sulla cresta di uno dei pendii, scoprì che il carro si muoveva lentamente. Dal suo osservatorio poteva riconoscere perfettamente le sciabiche di paglia che coronavano il carico.

"Attenzione! Ordinò, sorridendo sarcastico. Preparate i fucili, non sparate finché non lo ordino io perché Brandon è tra loro.

Accovacciati come conigli, seguivano con occhi lucidi l'andamento del carro. C'era un grande bottino che avrebbe fornito loro una buona manciata di dollari per soddisfare i loro vizi.

Il veicolo era già vicino quando Sttup si alzò, guardando attentamente.

“Raggi dell'inferno!” mormorò.” Giurerei sulla sagoma che quello che guida il carro è Brandon. Perché?

"Forse" disse uno, sprezzante "perché quella recluta aveva paura e non aveva il coraggio di guidare.

“Forse hai ragione, ma non mi piace per niente.

Continuò ad aspettare con i nervi tesi mentre il veicolo avanzava e il suo disagio aumentava di grado quando osservava qualcosa di insolito.

"Sangue di Satana! Ha urlato. Cosa succede a Brandon che traballa come se fosse sonnambulo?

E immaginando che fosse successo qualcosa di inaspettato, gridò:

"Abbasso tutti e imitatemi in quello che faccio!

Il primo balzò come un cervo e mise piede sul sentiero, gridando:

"Fermati o ti crivelliamo di proiettili! Siamo tanti.

Nessuno rispose e il carro si mosse lentamente in avanti. Sttup avanzò, mettendosi davanti agli animali. Si fermarono e fu allora che capì tutta la verità.

Brandon, con il volto contorto dalla smorfia di morte e accusato anche dei segni dei pugni ricevuti, ha mostrato la camicia macchiata di sangue e le legature che lo tenevano legato al box.

Tutti erano tesi alla scoperta. Li avevano derisi e, inoltre, avevano ucciso il più utile dei loro ausiliari.

Sttup, follemente, ordinò di perquisire il carro, ma trasportava solo il cadavere e le sciabiche di paglia.

Quando il bandito salì sulla cassa, scagliando imprecazioni, vide un pezzo di carta sulla scollatura del panciotto del morto. Lo tirò con rabbia e dopo averlo esaminato, emise un ruggito impressionante.

Aveva scritto alcune parole di sanguinosa derisione che dicevano:

«Per Grant, Sttup e altri angeli del
Averno, con tutto il nostro rispetto,
"Caleb e Corny"

I banditi erano perplessi. Non riuscivano a immaginare come quella coppia di duri cowboy avesse potuto scoprire il complotto portato avanti con tanta segretezza e come fossero riusciti a sfuggire all'imboscata.

Sttup aveva paura di tornare a Fairbank per raccontare a Grant del terribile fallimento. Conosceva il suo potere e i suoi mezzi di eliminazione e temeva la sua ira. Prima di tornare senza successo, hanno dovuto provare qualcosa.

E arringando i suoi uomini, ruggì:

"Ragazzi, questo non significa tutto. Non so come abbiano scoperto i nostri piani e siano riusciti a ingannarli, ma non ci sono ancora riusciti. L'argento deve essere trasferito a Tucson e sicuramente ha seguito un percorso diverso, mentre ci hanno messo questa esca davanti. Devi trovarli rapidamente, anche se devi cercare nell'intero bacino.

«Dove diavolo pensi che li troveremo? "Uno della banda brontolò." Vale a dire, se si sono pentiti e hanno rimandato per un altro giorno, o stanno sparando così ben protetti che tutto ciò che otterremmo è farci uccidere stupidamente. Quel tentativo è molto pericoloso.

“Preferiresti affrontare Grant dicendo che hai fallito?

"Perché no? Il perdente sarà lui. Non sapevamo cosa fare finché non ci hai portato qui e ci hai detto di cosa si trattava, quindi il segreto era tra te e lui. Se uno dei due è stato uno spaccone che l'ho strombazzato in modo che arrivasse alle orecchie di quei ragazzi, ecco voi ragazzi.

Sttup era premuroso. Il bandito aveva ragione e siccome non aveva affatto aperto bocca e anche i suoi uomini ignoravano di cosa si trattasse, se c'era stata qualche indiscrezione doveva essere colpa di Grant. Lascia che ne porti le conseguenze e scopra il boccino che li ha traditi.

E poiché a quanto pare i suoi uomini non erano disposti a correre un rischio senza assicurarsi in anticipo delle possibilità di successo, non aveva altra scelta che rassegnarsi e dirigersi al villaggio.

Quando arrivò a Fairbank a tarda notte, si diresse verso il comune.

Grant era ancora preoccupato per quello che sarebbe potuto succedere sul sentiero, non si aspettava di avere notizie fino al giorno successivo, quindi è stata una sorpresa per lui vedere apparire Sttup.

Con un gesto le fece cenno di entrare nell'ufficio, e poco dopo lei lo raggiunse.

Betty, che aveva visto entrare l'uomo armato, si sentì gelare il sangue nelle vene. Immaginò che stesse raccontando di nuovo la sua missione, ma non poteva indovinare quali notizie portasse, anche se dalla tensione dei suoi lineamenti credeva di capire che nulla di ciò che avrebbe comunicato a Grant gli sarebbe stato piacevole.

Fu tentata di correre nel piccolo camerino nel caso potesse cogliere il dialogo da lì, ma una terribile paura la invase. Una volta la fortuna l'aveva favorito, ma doveva stare attento a quello che faceva, perché se lei veniva sorpresa da qualcuno e Grant sospettava che colei che gli aveva tolto il complotto di preda fosse lei, era capace di ucciderla freddamente.

Avrebbe tenuto i nervi saldi e avrebbe aspettato. Più o meno dopo avrebbe saputo la verità.

Grant, perseguitato da uno strano presentimento, chiese con desiderio:

«Fra quanto tempo qui, Sttup? Quello che è successo?

"Questo è quello che devo chiederti! Che cosa è successo al diavolo per prendere tutto?

"Non capisco. Vuoi spiegarmi?

“Certo che mi spiego. Quei maiali sapevano tutto e hanno sparato a Brandon alla gola. Poi lo hanno legato alla cassa di un carro carico solo di paglia e l'hanno gettato sul sentiero. Quando siamo usciti per arrestarla, abbiamo scoperto il corpo nella scatola ed era nascosto tra la maglietta e il giubbotto di Brandon. Ecco, leggi:

Grant, verde di rabbia, leggi la lettera. La rabbia più selvaggia lo prese.

"Chi era il furfante che ha dato la soffiata?

"Questo è quello che sono venuto a chiederti. Nessuno dei miei uomini sapeva dove stessero andando o cosa dovevano fare. Lo hanno scoperto mentre stavano aspettando un'imboscata e poiché io ho parlato solo con te di questa faccenda, io sono il uno che ti chiede come hanno fatto a scoprirlo.

"Oh, questo è impazzire! "Giusto Grant". Non ho parlato assolutamente con nessuno a parte te. Non capisco come abbiano potuto scoprirlo.

"Beh, a me succede. Il punto è che abbiamo perso il miglior bottino della nostra vita.

"Perché sei un idiota. Avresti dovuto presumere che l'argento sarebbe stato portato a Tucson e avresti dovuto chiedere dove.

"Era già una mia idea, ma i miei uomini hanno rifiutato. Temevano, e forse a ragione, che una volta scoperto il piano, il carro sarebbe stato protetto in modo tale che osare attaccarlo sarebbe stato come suicidarsi.

Grant era perplesso. Masticando le parole mentre parlava, ringhiò:

"Oh! Abbiamo perso qualcosa di favoloso e non perdonerò quei due ragazzi per la loro ingerenza e il fallimento che ci hanno fornito.

"D'altronde questa scritta mi rivela Sttup, e tu devi coprire quelle bocche di piombo affinché non possano parlare.

"Dato che non sei servito per impadronirti del bottino, spero almeno che servirai per eliminarli prima che sia troppo tardi. Non dimenticare che, se sono riusciti a scoprire anche il più piccolo dettaglio del piano, non saranno disposti a perdonare che abbiamo voluto mandarli all'inferno. Ora è una questione di vita e di morte per loro e per noi e il più intelligente e veloce sarà quello che vincerà la partita.

E procedi con tutti i tuoi sensi, perché sei come me condannato a morte. Vedi che conoscono la tua partecipazione al colpo di stato. "

"Va bene, ma manca qualcos'altro che sta a te chiarire.

" Il fatto che?

"Qualcuno ha avuto notizie dei nostri piani e ha dato la soffiata. Trova quella persona e sparagli.

"Se sapessi chi è, non vivrebbe più a lungo del tempo che mi occorre per trovarlo.

E Sttup lasciò l'ufficio cupo come lasciò l'ambizioso Grant.

CAPITOLO VII
RICONOSCIMENTO

Mentre si mettevano in viaggio, contrariamente a quanto temevano Caleb e Corny, nessuno ha cercato di localizzarli sulla loro nuova rotta o di cercarli a Tucson quando sono arrivati felici e hanno consegnato il carico. Tutto era stato sviluppato in modo troppo semplice e questo non gli piaceva, perché non sembrava adattarsi ai metodi e al carattere di Phelps.

Tornarono a Tombstone per lo stesso sentiero che avevano preso quando l'avevano lasciato e con lo stesso carro. Dell'altro e dei buoi, così come del cadavere di Brandon, non sapevano una parola.

Ma nella cittadina mineraria Val Spring li aspettava, l'uomo a cui era stato assegnato l'ordine di condurre il carro nei pressi del luogo dell'imboscata. La primavera si era presa la briga di avventurarsi lungo il sentiero il giorno successivo. Il carro si era allontanato in un prato fuori pista, dove gli animali, stanchi di camminare e di loro spontanea volontà, si erano fermati, agganciandosi al veicolo.

C'era il corpo di Brandon ancora legato alla scatola, ma la carta che Caleb gli aveva infilato nel petto era sparita. Ciò indicava che l'equipaggio di Stupp aveva scoperto la trappola.

La primavera sganciò i buoi e, abbandonata la pista, tornò con loro a Tombstone. Il carro e il morto furono lasciati dove li trovò.

"Dato che era vecchia e di poco valore, non volevo azzardare a sparare con lei", ha detto;

"Sei stato bravo. Tutto è andato a meraviglia. Quello che succede dopo è cosa tenere a mente.

"Cosa intendi?

«A qualunque cosa Grant abbia preparato per noi per riceverci trionfalmente.

"Possiamo restare qui a Tombstone", rispose.

"Possiamo, ma non resteremo per vari motivi. Uno, perché sarebbe tanto come mostrare una paura che non proviamo e l'altro, perché il fatto che abbiamo abortito il piano non cancella l'intenzione di ucciderci vigliaccamente. Sia Stupp che Grant devono pagare per questa imboscata e un giorno ho detto a quel rospo del gioco d'azzardo che sono un ragazzo che quando ho deciso di ricordare qualcuno lo tengo sempre nelle mie preghiere. Penso che sia giunto il momento di pregare per l'anima di quel maiale codardo.

"Hai parlato come un libro", disse Corny. Sono molto curioso di entrare nello stomaco di Grant per vedere che tipo di scorpioni ha dentro, e sospetto che non ci sia occasione come questa.

Tyson, che aveva colto l'ottimismo e il coraggio dei suoi freddi compagni, intervenne per dire:

"Anch'io ho qualcosa da vendicare su di lui. Il primo proiettile era puntato alla mia schiena e vorrei restituirglielo, ma in contanti.

«Esatto, ragazzo, ma dovrai delegare a uno di noi, perché Grant è troppo un sicario per te. Sei molto verde con il puledro in mano e non vogliamo assumerci la responsabilità di permetterti di suicidarti senza alcun uso.

"Continuerò a provare con l'arma e...

«E ti daranno il lasciapassare quando sarai una figura di spicco a un funerale. Nessun ragazzo; assicurati solo che sia qualcun altro a mandarlo via e in seguito avrai l'opportunità di provare le tue abilità di tiro. Questo non è uno scherzo e non possiamo nemmeno presumere che ti manderemo facilmente all'inferno.

Tyson dovette rassegnarsi e accettò di riposare un giorno nel villaggio. Dovevano riscuotere i loro stipendi, abbastanza cospicui, e avevano acconsentito a rinnovare il loro abbigliamento deteriorato di cui avevano estremo bisogno.

Caleb ha commentato al ragazzo:

"Quando vai al negozio, prenditi cura di ciò che scegli perché non dimenticare che lì, a Fairbank, c'è una ragazza molto interessante che ti ha conosciuto solo come un mendicante e ha bisogno di valutare che tipo di uomo diventi vestirsi da contadino.

Tyson arrossì e non disse nulla. Era da qualche giorno che si preoccupava più di Betty e non osava più negare di essere stato più interessato di quanto credesse.

E suggerito dalla raccomandazione, era molto esigente con l'outfit, fino a quando non riuscì a scegliere un magnifico pantalone di camoscio che gli si adattava egregiamente, una camicia a quadri che era l'ultima di colore, un paio di stivali col tacco alto e fini che Loro lo faceva sembrare più alto, un elegante cappello stanton e un fazzoletto da collo blu che sembrava una chiazza di cielo su un'altra chiazza di pelliccia quasi nera e abbronzata.

In seguito, ben rasato, con i capelli tagliati e lucenti con cosmetici e profumi, sembrava un altro. Tanto che Corny esclamò:

"Ebbene, ragazzo, se appena arrivi e ti vedi, lei non apre le braccia e non cade tra le tue chiedendoti di portarla dal parroco, perdo i guadagni del viaggio.

"Non deridere", balbettò Tyson "; Quella ragazza non mi ha notato affatto e io sono ... sono troppo piccolo per lei.

"Ora la pensi così? Dai, non fare la zucca. Nessuno è più di chiunque altro quando riesci a interessare un'altra persona. Betty merita un bravo ragazzo e tu lo sei. Un giorno troverai un lavoro buono e sicuro, o risparmierai abbastanza e potrai portarla fuori di qui come un gentiluomo La ragazza ha solo bisogno di questo per lasciare questo inferno più felice di qualche Pasqua.

Dal momento che tutti possedevano un cavallo tranne Tyson, fu concordato di aiutarlo ad acquistarne uno e tutti diedero qualche dollaro per loro conto per acquistare la cavalcatura. Non poteva essere stonata con lei, a parte il fatto che da un momento all'altro poteva essere molto necessaria.

E già ben attrezzati e con i soldi in tasca, decisero di tornare a Fairbank.

Ma mentre entravano nel villaggio, Caleb notò:

"E ora, attenzione. Non commetteremo la follia di entrare lì per il sentiero in linea retta, poiché è certo che stanno aspettando il nostro arrivo per festeggiarlo con salve di hardware. Non sarà molto impressionante, ma sarà più sicuro. Più tardi... ne parleremo.

La misura prudente del cowboy era altamente giustificata, poiché dal giorno stesso in cui Stupp era tornato senza successo, una delle prime misure che aveva preso era stata quella di tendere un'imboscata a quattro uomini alla periferia di Fairbank con l'ordine di sorvegliare rigorosamente il sentiero e di accogliervi. ritorno dei tuoi nemici.

Stupp andava due o tre volte al giorno nel luogo dove aveva lasciato a guardare i suoi uomini, una casa semidistrutta e abbandonata ai margini del sentiero, e dopo quelle visite, per mantenere la disciplina dei suoi scagnozzi e per incoraggiare loro di non essere disattenti sul campo. vigili, sicuro che prima o poi sarebbero tornati, tornò al villaggio dove si stava dedicando alla sua solita vita.

A volte passava un po' di tempo al "Tombstone Bar", ma molto poco, per evitare di essere sospettato della sua intimità con Grant, ea volte passava qualche ora nella taverna di Walter, bevendo o giocando a poker con alcuni compagni di gioco.

Grant, dal canto suo, aveva anche preso precauzioni e aveva intorno a sé quattro sicari pronti a difenderlo se fosse stato aggredito da qualcuno.

Caleb, Corny e i loro tre compagni sono entrati a Fairbank senza incidenti né essere scoperti grazie alle precauzioni prese. Lo hanno fatto da ovest invece di entrare da est, come sembrava necessario, e quindi nessuno si è accorto del loro arrivo

Andarono direttamente alla locanda e poi tennero una specie di corte marziale per adeguare la loro condotta alle circostanze.

Corny ha suggerito:

"La mia opinione è che dobbiamo prendere subito l'iniziativa. Sono sicuro che stanno aspettando che noi reclamiamo il fallimento e prima che abbiano il tempo di prepararsi, siamo noi che dobbiamo combattere. Se riusciremo a sorprendere qualcuno, avremo vinto.

«Mi sembra una buona idea», disse Caleb, «ma potrebbero aver trasformato il locale in una fortezza e non è così facile entrarci come pensi.

"Proveremo saggiamente le acque.

E con determinazione sono scesi in strada distanti l'uno dall'altro per offrire meno bersagli e cercando con lo sguardo lungo la strada nel caso in cui il pericolo si presentasse inaspettatamente davanti a loro.

Ma a quanto pare nessuno si era accorto della loro presenza in paese e questo per il momento li favoriva.

Mentre attraversavano davanti alla taverna di Walter, Caleb ebbe un'intuizione e, facendo cenno ai suoi amici di fermarsi, attraversò il vialetto buio ed entrò nella porta della taverna per dare un'occhiata discreta all'interno.

E un sorriso ironico gli piegò le labbra dure quando scoprì Stupp all'interno, che giocava a poker con due dei suoi uomini più fidati.

C'era uno dei due più direttamente responsabili del fallito agguato. Poiché sembrava che il disegno di legge cominciasse a essere passato a lui come a Grant, il cowboy fece un passo indietro per unirsi agli altri.

«Preparati, Corny», lo avvertì. La caccia sta per iniziare.

"Cosa sta succedendo? Chiese Corny.

"Che c'è Stupp che gioca con due dei suoi migliori amici. Com'è logico supporre che tutti e tre abbiano preso parte alla vicenda, inizieremo a distribuire premi in denaro.

"D'accordo. Il piombo è un metallo, anche se piuttosto povero e quelli non ne meritano uno migliore.

Il gruppo avanzò, ma Caleb disse energicamente:

"Attento; niente per assalire l'establishment in massa come se stessimo per combattere con un esercito; per quei tre ragazzi è parecchio Corny e me. Sarai lasciato fuori nel caso avessimo bisogno di te.

"Ma" intervenne Tyson "questa faccenda è di tutti e dobbiamo...

"Bambini zitti," replicò Caleb. Quando sarai grande e arriverà il tuo momento, mangerai zuppe. Dai, amico, vai avanti.

I due cowboy si fecero avanti ei loro compagni rimasero sulla soglia, non osando contravvenire agli ordini del rude Caleb. Fu il primo a spingere la lama rotante oltre, anche se Corny rimase attaccato a lui per tenere il passo.

Stupp si era distratto e giocava quasi con le spalle alla porta. Non sospettava nemmeno lontanamente di essere sorpreso dai suoi nemici e questo lo fece cadere nella sorpresa che aveva tanto cercato di evitare.

I due cowboy fecero diversi passi avanti e prima di raggiungere il tavolo, Caleb urlò allegramente:

«Diavolo, ma il nostro caro amico Stupp è qui.

Questi, come morso da una vipera, lasciò cadere le carte e balzò in piedi, imitato dai suoi due compagni. I tre, telepaticamente d'accordo, raggiunsero i puledri e li tirarono disperatamente.

La manovra è stata troppo lenta nonostante la velocità con cui hanno cercato di entrare in azione aggressiva. Quando le loro armi spararono in modo impreciso, i due revolver dei due cowboy avevano già tuonato quattro volte con una mira micidiale, e i boati delle armi del loro avversario echeggiavano ai loro. I proiettili sono andati nella direzione sbagliata senza colpire l'audace coppia.

C'erano ancora nuovi colpi da parte sua per assicurarsi che non avessero il coraggio di difendersi e quando i tre in un ammasso confuso e sanguinante caddero a terra trascinando tavoli e panche nella loro spettacolare caduta, i due cowboy, facendo saltare i cannoni di i loro puledri per ventilare la debole colonna di fumo che sembrava ancora uscire dall'interno, si misero con calma nella fondina, mentre Caleb commentava:

«Be', Stupp, questa faccenda è risolta. Temo che non avrai il coraggio di organizzare altre sorprese codardi come eri.

E spingendo fuori il suo socio, lo costrinse a lasciare il locale con lui, stupisce i clienti che avevano appena avuto il tempo di seguire il dramma nelle sue rapide fasi sanguinose.

"Problema risolto," disse Caleb, spingendo fuori il resto dei suoi amici che stavano impetuosamente cercando di entrare non appena avevano preso i colpi. La questione è stata risolta con una facilità di cui mi vergogno. Faremo una visita simile al "Tombstone Bar" per vedere se risolviamo la questione completamente e con la stessa fortuna.

Ma Grant, più scaltro e sospettoso, non era uomo da sorprendersi facilmente. Dal momento in cui ha saputo del fallimento dell'imboscata, ha preso ogni sorta di precauzioni. Non solo aveva installato quattro membri della banda nei locali per proteggerlo, ma si faceva vedere a malapena nella bisca. Stava aspettando che i suoi nemici si presentassero in qualche modo per sapere come procedere.

I suoi cinque nemici, con le mani appoggiate sull'elsa del revolver per buona misura, entrarono in gruppo nella canna e cercarono avidamente Grant, ma Grant non era visibile.

Invece, hanno scoperto alcuni volti che Caleb e Corny conoscevano molto come amici di Stupp. Non ci voleva una lince per intuire che la loro presenza obbediva allo slogan di assicurare la vita del presunto proprietario dei locali.

Il primo, con uno strano movimento, fece apparire il puledro nella sua mano, destreggiandosi con esso facendolo roteare sul dito infilato vicino alla percussione, mentre salutava:

"Buonasera, signori. Salve, voi e Sam, Andersen. Vi trovo qui troppo calmi quando laggiù nella taverna di Walter mancavate più che qui. Ho sentito dire che il vostro grande amico Stupp ha subito un incidente mortale, così come due dei suoi compagni e forse sei più interessato a pregarlo qualcosa affinché non venga respinto all'inferno quando arriverà.

I quattro si irrigidirono, ma fedeli allo slogan che avevano ricevuto, uno di loro rispose:

"Caleb, non pensi di vivere sulla mancia da un po' di tempo?

«È possibile, ragazzo, ma qui si vive tutti di mance, chi più chi meno, come Stupp per esempio. Non pensi di essere troppo?

"Può darsi, ma non mi piace la solitudine e il giorno in cui comincerò il grande viaggio ho intenzione di essere in buona compagnia.

"Va bene, ragazzo, ma se non vuoi metterti in viaggio stasera, il meglio che puoi fare è dimenticare che indossi quei giocattoli intorno alla vita. È un consiglio che ti do, anche se non ti addebiterò nulla per avertelo dato.

"Non pensiamo di usarlo se qualcuno non si ostina a mostrarci il suo occhio. -

"Una decisione saggia. Cosa ne pensa il nostro elegante amico Grant? Mi piacerebbe sentire la tua opinione.

Grant è a Tombstone. Aveva degli affari da risolvere lì e se ne andò.

"Che peccato! Non è svenuto lassù e tu non te ne sei accorto? Vorrei controllare di persona.

Aveva intenzione di trasferirsi nella bisca, ma uno degli uomini armati che si erano stabiliti vicino alla porta avvertì flemmaticamente:

"Se fossi nei loro panni, mi accontenterei di quello che hanno detto loro.

"Perché?

"Non per niente, sospetto che sia molto buio e potresti inciampare e farti male entrando.

Caleb colse il significato minaccioso dell'avvertimento. Sarebbe stato fucilato e tutto il vantaggio sarebbe stato dalla parte del suo avversario.

"Dovrò credere che è vero che era assente. Sapete se ci vorrà molto tempo per tornare?

"Non ha detto nulla del suo ritorno.

"Beh, possiamo aspettare un po' perché non abbiamo fretta. Con una compagnia così piacevole, qui si sta bene come sedersi su una polveriera con la miccia accesa, e questo ha sempre il suo fascino. Dacci qualcosa da bere.

Sedevano strategicamente a un tavolo attaccato al muro dal quale dominavano l'intero locale e la porta d'ingresso all'interno. Caleb ha messo il puledro sul tavolo e i suoi compagni di squadra hanno seguito l'esempio. Era come una terribile batteria pronta a spazzare i locali al minimo tentativo di aggressione.

Un grande nervosismo ha preso la maggior parte dei clienti nonostante fossero uomini che conoscevano quell'ambiente e i suoi pericoli. Tutti immaginavano che qualsiasi mossa male interpretata avrebbe innescato una battaglia che poteva essere tragica.

Ma nessuno osava mostrare di avere paura e sebbene con tutti i sensi vigili, si preparavano a continuare a bere ea giocare.

I quattro uomini armati, perplessi, non sapevano cosa fare. Avevano davanti a sé cinque nemici ben disposti, ed era avventato prendere iniziative.

Se Grant scegliesse di non farsi vedere, la faccenda potrebbe finire in una situazione di stallo e nessuno deciderebbe di essere il primo a premere il grilletto.

Caleb ordinò una bottiglia di whisky e poi gridò:

"Cosa succede che questo sembra un funerale? Maestro, venga la musica a rallegrare un po' il cuore di queste persone.

L'insegnante si affrettò a sedersi al pianoforte. La musica suonava acida, ma nessuno sembrava in grado di ballare.

Lamore, seduto sul suo alto sgabello, aveva seguito con interesse la scena. Il gioco era stato paralizzato nei primi istanti e lui aveva potuto fissare la sua attenzione su quel quintetto duro che non conosceva la paura e non aveva esitato a cercare il nemico nella propria tana.

Quanto a Betty, sembrava affascinata da tutto ciò che stava accadendo. Stava guardando loro cinque e la sua attenzione sembrava più concentrata su Tyson, che aveva quasi sconosciuto. Adesso, vedendolo vestito di nuovo, pulito e in ordine, sembrava un bell'uomo come non aveva immaginato a causa del suo abbigliamento deteriorato.

Caleb, che comandava, ha detto:

"Tyson, penso che dovresti ballare con Betty per un po'. È il miglior partner che puoi trovare e non credo che ora nessuno osi impedirti di farlo. Dai, ragazzo, vai avanti e fai vedere a questi amici che bravi ballerini sei.

Tyson, che si stava svegliando accanto a quella coppia di tipi strani e tosti, non si è fatto implorare e andando avanti, senza aspettare che lei accettasse o rifiutasse, l'ha legata per la vita e l'ha portata fuori in pista.

La giovane donna, tesa e apparentemente fredda per dare l'impressione di accettare sotto pressione e minaccia, si è lasciata trasportare, ma a bassa voce ha supplicato:

Per favore dimmi cosa è successo!

"Niente. Brandon è morto da traditore e portiamo il denaro altrove. Tutto senza notizie.

"Grant sta mordendo. Ha paura e si nasconde lì dentro, ma non dirlo perché è armato fino ai denti ed è accompagnato da due uomini armati.

"Grazie. Anche Stupp è scomparso. I miei amici gli hanno appena dato ciò che si meritava.

"E adesso quello?

"Non lo so. Vogliono disfare la fascia, ma temo che ci vorrà del lavoro. Mi piacerebbe vederti.

"Non è possibile. Attenzione, perché mi farebbe male. Grant si arrabbia per sapere chi potrebbe scoprire il piano e minaccia costantemente di uccidere chiunque se lo scopre.

"Lascialo.

"Non è possibile ora, perché non ho nessun posto dove andare. Dovrò aspettare e vedere cosa succede.

"La aiuterò appena posso.

Aveva finito il pezzo. Tyson ha rilasciato la giovane donna, dicendo:

"Grazie; balli molto bene, ma sei antipatico a causa di quanto non sia molto loquace. Quando imparerò a parlare come balla la farò uscire di nuovo.

Lei, con un gesto sprezzante, gli voltò le spalle.

I cinque amici del locale hanno continuato a bere ea seminare nervosismo nei partecipanti. Questo sembrava divertirli, perché non mostravano alcun segno di voler lasciare i locali.

A tarda notte, Caleb si alzò dicendo:

«Be', sembra che Grant stia ritardando il suo ritorno. E se partissimo?

«Torneremo domani per vedere se avremo più fortuna», disse Corny serio.

"Allora andiamo.

Caleb rimase dov'era mentre i suoi compagni di squadra si dirigevano verso l'uscita. Il duro cowboy ha protetto la sua marcia dalla possibilità di un attacco alle spalle.

Quando raggiunsero la porta, si fermarono, mostrando i loro volti. Caleb si unì a loro e loro quattro andarono avanti per non perdere alcun movimento degli avversari.

"Ciao, ragazzi" disse Caleb "; Non disturbatevi ad uscire per salutare perché c'è un'aria mortale che soffia là fuori. Potresti prendere un raffreddore da piombo.

È scomparso. Nessuno osava muoversi, perché sapevano cosa significava l'avvertimento. Potrebbero essere davanti alla porta in attesa che qualcuno si presenti per abbatterlo.

Ma la tensione era sparita. Nessuno aveva vinto una sola presa nel gioco ed è stato lasciato in aria per un'occasione più propizia.

CAPITOLO VIII
MOMENTI DI ANGOSCIA

I tre amici, prima di ritirarsi a riposare quella notte, si scambiarono opinioni sugli ultimi avvenimenti e si accontentarono di apprezzare che, sebbene avessero impartito una buona lezione a Grant e lo avessero privato di alcuni dei suoi elementi migliori, la partita non era stata vinta. e che da quel momento in poi avrebbero dovuto camminare con i piedi di piombo, poiché sarebbe molto difficile ed esposto cercare di sbarazzarsi dello sporco avventuriero e potrebbe invece tramare contro di loro nuove trame.

Inoltre, si discuteva se fosse conveniente o meno trasferirsi a Tombstone per un po', ma Tyson era contrario, perché capiva che dopo l'immenso servizio che Betty aveva reso loro, era da codardi lasciarla abbandonata. Tyson temeva che, qualunque fosse la circostanza, Grant sospettasse che fosse stata lei a sventare i suoi piani dando il colpo, e aveva paura di cosa sarebbe potuto accadere alla giovane donna se ciò fosse accaduto.

Caleb ha commentato:

«Ti stai interessando molto alla ragazza, Tyson.

«Forse, ma io corrispondo solo al suo comportamento. Per non parlare del resto.

"Va bene, ragazzo; penso che tu abbia ragione, a parte il fatto che se fossimo scomparsi, sospetterebbero che ci siamo spaventati e questo li incoraggerebbe. Dopotutto, se vogliono provare qualcosa contro di noi, possono farlo la stessa cosa qui che a Tombstone. Qui puoi approfittare di un momento favorevole per passare il conto a Phelps, mentre laggiù... Comunque resteremo, ma per ora devo tornare a Tombstone. Sono partito in attesa di concludere un'ottima faccenda che, se andrà a finire, ci assicurerà lavoro e reddito per una buona stagione.

"Altri tubi d'argento? chiese ansiosamente Tyson.

"Sì e no, piccolino, ma qualcosa che ti renderà felice se sarà fatto. Il dirigente di "Esperanza" mi ha suggerito l'idea di formare un corpo di guardia mineraria per proteggere e trasferire l'argento alle sponde dove è destinato e per allestire un servizio dove serve. Vogliono che lo organizziamo per conto dei più importanti minatori del bacino che non si conoscono al sicuro tra questa legione di indesiderabili e sono disposti a pagare molto bene. Avremo un lavoro sicuro, un buon reddito e porteremo a masticare più di una volta, ma... il brutto è che per questo abbiamo bisogno di uomini che non assomiglino alla maggior parte di quelli che sono qui e che non è facile trovare. Se riusciamo a risolverlo, le nostre preoccupazioni saranno finite per qualche tempo e chi sa approfittare della striscia positiva, se non prende un grammo di vantaggio,

"Oh, sarebbe meraviglioso se lo facesse, Caleb! Tyson ha risposto con entusiasmo. Sarei uno di quelli che ha risparmiato ogni centesimo per dopo ...

«Sì», lo interruppe Corny sorridendo, «rapire Betty, portarla a est, fondare una banca e farne la regina della finanza.

"Oh, non così tanto! Penso che Betty non sia ambiziosa e che essendo libera da questo ambiente e dalle grinfie di Grant, si sentirà molto felice. Io e lei ci accontenteremo di una piccola fattoria tranquilla ai piedi di una montagna in una tranquilla valle verde dove...

"Smettila, ragazzo, non agitarti troppo," gridò Caleb. Hai chiesto a Betty se questo è il suo gusto e se tu sei il suo?

"Beh, no, ma... sono sicuro di non sbagliarmi.

«Sei un ottimista, Tyson, e questo è un bene, ma per ogni evenienza, è meglio che approfitti del tuo tempo con Corny invece di pensarci così prematuramente e prendi qualche lezione di revolver. Se le cose funzionano, dovrai essere uno dei tanti e non vivere sotto le gonne di papà per proteggerti. Prova con attenzione che le vite degli uomini qui sono racchiuse in un'oncia di piombo all'interno della canna di un puledro.

Il giorno seguente Caleb montò a cavallo e partì per Tombstone, mentre Corny e Tyson, anche loro a cavallo, si diressero verso la periferia della cittadina, dove il secondo dovette svolgere dure pratiche sotto l'esperienza del cowboy, che sarebbe stato in responsabile della formazione del giovane. .

La visita aggressiva dei tre avventurieri fatta la sera prima alla canna di Grant, gli ha confermato nei suoi sospetti che la sua vita non sarebbe valsa una bacca, purché quei tipi tosti e rischiosi fossero rimasti in piedi con l'intenzione di brandire un revolver e siccome la sua vita "per lui" valeva più di quella di cento nemici messi insieme, doveva fare qualcosa per garantirla.

Troppe preoccupazioni, le possedeva già, e troppi pericoli si era lasciato alle spalle per crearne di nuovi. Grant era uno di quelli di cui non si era mai fidato, perché le sue attività erano sempre state così dubbie e senza scrupoli, che erano pochi gli uomini derisi e arrabbiati che erano già confusi dal Midwest desideroso di localizzarlo per passare il tragico conto dei loro inganni e furto.

Fino a quel momento la fortuna era stata con lui, ma né lui né nessuno poteva garantire che, quando meno lo sospettava, avrebbe affrontato di nuovo uno di quei nemici dimenticati e che sarebbe giunto il momento per lui di essere ritenuto responsabile della sua condotta.

Gli altri, per il momento, erano molto lontani, e se non lontani, disorientati su dove si trovasse e che cosa volesse risolvere fosse il pericolo immediato rappresentato da quei due temerari cowboy che avevano chiaramente dimostrato la loro volontà di non perdonargli il tragico compito che aveva svolto. destinato a farli.

Visto come si presentava la situazione, non c'era spazio per palliativi. O uccideva lui o lo uccidevano, e tra i due la scelta non era in dubbio.

Con Stupp morto, aveva bisogno di un uomo duro e senza scrupoli capace di organizzare qualche trappola in cui almeno Caleb e Corny sarebbero caduti; Quanto a Tyson, gli dava pochissima importanza e con i suoi protettori spariti, liberarsene era una cosa semplice.

Dopo aver riflettuto molto e aver pianificato, arrivò alla conclusione che l'unico uomo in grado di risolvere quel pericoloso ballottaggio per lui era Warwich Skene, un pistolero duro come la roccia, che attualmente stava facendo pagare un prezzo basso per le bische di Tombstone.

Skene era l'unico uomo che poteva tenere testa a Caleb e Corny, ma lo avrebbe pagato bene. Qualcosa di doloroso per Grant che era avaro di avidità, ma ora, quando si trattava della sua vita, non poteva guardare egoisticamente.

E quando si alzò la mattina dopo, chiamò uno di quelli che la sera prima avevano montato la sua guardia personale alla bisca e gli ordinò:

«James, ho bisogno che tu vada a Tombstone e cerchi Warwich Skene. Non sarà difficile per te localizzarlo e quando lo farai, digli per me che ho un lavoro per lui che lo pagherà bene. Per favore, pregalo di venire a trovarmi il prima possibile, perché la questione è urgente.

Il querelante non ha perso tempo e, a cavallo, ha fatto un giro di quindici miglia fino alla città mineraria alla ricerca del longarone.

Dovette aspettare che fosse buio per cercarlo nelle bische più rozze della città e quando poco prima di mezzanotte lo scoprì, gli diede l'ordine.

Skene, che era in un brutto momento per soldi, ha risposto:

"Sei puntuale, ragazzo. Dici che la cosa è urgente? Bene, per allora è tardi.

E senza perdere un minuto, montò a cavallo, pronto a raggiungere Fairbank quella notte. Vi sarebbe entrato molto tardi, ma in tempo per farlo prima che il locale chiudesse i battenti.

L'animazione svanì quando Skene entrò nel Tombstone Bar. Rimasero solo ritardatari e tra non molto le luci sarebbero state spente e lo stabilimento chiuso.

Grant era ancora chiuso nelle sue stanze interne con poco da vedere e doveva essere avvisato della presenza dell'uomo armato.

Questo era ben noto a Fairbank. Era lì da tempo a seminare terrore nei locali del vice e se è scomparso è perché ha capito che nella grande città mineraria c'erano più orizzonti per le sue attività.

Quando Betty lo vide entrare e poi entrare chiamato da Grant, sembrò intuire il motivo della sua presenza e una malsana ispirazione la spinse a correre verso il piccolo armadietto dove si stava vestendo per cercare di informarsi sul colloquio se fosse stato tenuto nell'ufficio .

Nella fretta non ebbe nemmeno il tempo di dire a Lamore della sua decisione. Il giocatore era ancora freddo e indifferente alla ruota della roulette, sperando che i pochi giocatori recalcitranti nel gioco decidessero di terminare il gioco.

Grant stava aspettando nervosamente l'uomo armato. Quest'ultimo, con aria vanagloriosa e aggressiva, entrò nell'ufficio dicendo:

"Ciao, Phelps, cosa ti si è rotto lo stomaco per mandarmi a chiamare, con tanta fretta? Lo trovo come un coniglio spaventato.

Grant strinse i denti, rispondendo:

"Paura, no. Non ho paura di nessuno quando si tratta di forze uguali, ma non sono così sciocco da espormi quando i miei nemici sono più numerosi di me.

"Già. Un lavoro per il mio bel revolver, no?

"Esatto, Skene.

"Bene, dimmi cos'è e quanto pagherai.

"Due tipi di cure, in particolare, mi ostacolano. Se sono tre, meglio, ma con due sono soddisfatto.

"E per due nemici ti senti così intimidito?

"Sono in guardia, mi perseguitano ferocemente e se mi muovessi per cercare di affrontarli di persona, non mi lascerebbero prendere l'iniziativa.

"Beh, eccoti tu con le tue cose. Il fatto è che ti devo mandare all'inferno e tu pagherai le spese di viaggio. Dimmi, chi è e cosa pagherai?

"Devi conoscerli. I loro nomi sono Corny Wiggins e Caleb Sintair. L'altro che può entrare nel raid è un giovanotto compiaciuto di nome Tyson, che quei due rospi proteggono.

"Molto bene, Grant; inizia riconoscendo che quei due ragazzi non sono esattamente due rondini infelici. Sanno dove li colpisce il revolver e sanno anche come usarlo.

«Non l'ho negato, Skene.

"Sono contento, perché ogni cosa ha il suo prezzo in base al suo valore. Quei due uomini stanno attenti e la loro morte vale più di quella degli altri. Quant'è la tariffa?

"Voglio essere generoso e ti darò duecento dollari

"La cifra è accettabile, ma raddoppia e se quell'altro ragazzo entra in gioco, possiamo aggiungere un centinaio di dollari per lui. In totale, cinquecento se prenoto tutti e tre.

«È molto, Skene. Non sono bravo con i fondi e...

"Al diavolo te e il tuo egoismo. Se dovessi sparare con te ora e aprire quella scatola sulla tua schiena, ne tirerei fuori qualche migliaio. Quell'importo, o ucciderai le tue pulci.

Grant, sudato come un condannato sotto la pressione del sicario, finì per accettare con un profondo sospiro.

"Va bene," disse, "i cinquecento, ma quando avrai finito il lavoro.

"Sarà semplice, dal momento che non sospetteranno che sono coinvolto nel putiferio. Dove pensi che possa trovarli?

"Stanno alloggiando alla locanda di «The Silver Dollar», lo sai.

"Magnifico. Mi conoscono anche lì per essermi fermato e non ci saranno difficoltà. Avendo bisogno di un alloggio, mi presenterò subito lì e mi informerò discretamente di questo bel trio. Appena acquisirai i dettagli necessari per non ehm, beh... sicuramente domani mattina a colazione troverete delle pillole molto gustose che non riuscirete a digerire perché sono forti. Preparate i soldi perché a metà mattinata verrò a ritirare. Ho appuntamento a Tombstone al mezzogiorno e voglio essere lì a quell'ora, vado alla locanda.

In quel momento si udì un rumore di vetri rotti o stoviglie dall'altra parte del tramezzo. I due, sorpresi, si guardarono per un momento, e Skene, accigliato, urlò:

"Ehi? Chi diavolo c'è là fuori?

Grant ha reagito in modo selvaggio. Questo era il camerino di Betty e solo lei poteva essere stata quella a far cadere il gadget che denunciava la sua presenza.

E un mondo di sospetti si riversò nell'immaginazione di Grant. Era sicuro che la giovane donna avesse colto quella tragica conversazione e questo lo guidava. sospettare che fosse stata anche lei a catturare il precedente con Stupp, dando il colpo a chi fosse interessato a metterli in guardia e una rabbia selvaggia le contrasse il viso. Spingendo via Skene ferocemente, urlò:

"Aspettami qui; lo aggiusterò.

E corse in direzione del giunto.

Betty, come supponeva Phelps, aveva colto sillaba per sillaba tutta la codarda conversazione di quei due uomini e una terribile angoscia la dominava. Di nuovo, dietro quel sottile tramezzo di legno si era intessuto un crimine orribile e questa volta così stretto e con una tale fretta del tempo, che era terrorizzata all'idea che non ci sarebbe stato modo umano di interferire con i movimenti del sicario.

E il panico e la vertigine furono tali che, spinta dalla paura e dalla rabbia, cercò di correre per uscire davanti a Skene e volare alla locanda alla ricerca dei cowboy e di Tyson per avvertirli del pericolo che li minacciava. .

E nella sua angoscia mentre si voltava e correva, inciampò sul tavolino dove aveva sempre una brocca d'acqua e un bicchiere ed entrambi gli aggeggi furono scagliati violentemente, schiantandosi a terra e producendo un rumore infernale di vetri rotti.

E come un'eco colse l'esclamazione di sorpresa di Grant e del suo amico. Questo alla fine la sconcertò, poiché si rese conto che si era stupidamente denunciata e che Phelps avrebbe indovinato la verità e questa volta non si sarebbe accontentato di maltrattarla.

Pallida come una morta, stringendosi il petto con le mani per contenere il battito del cuore, raggiunse il soggiorno. Questo era deserto e Lamore si stava preparando a finalizzare i suoi preparativi per partire.

La giovane donna, correndogli accanto, implorò con voce roca:

"Lord Lamore, salvami! Non lasciarlo venire dietro di me o mi sparerà a pezzi. Per favore...

E prima che il giocatore attonito avesse il tempo di fare qualche domanda, la ragazza, impazzita, era scomparsa dalla bisca.

Lamore fu tentato di correrle dietro, ma l'appello che aveva fatto era troppo drammatico per ignorarlo. Immaginò che avesse scoperto qualcosa di nuovo e terribile e che Grant avesse scoperto che lei lo stava spiando.

E flemmaticamente si preparò ad affrontare l'accaduto.

In quel momento, Grant apparve nella stanza, decomposto e verde di rabbia. Di corsa si diresse verso lo spogliatoio e vi entrò con la pistola armata.

Ma un urlo di rabbia le esplose in gola quando si rese conto di essere in ritardo. Betty si era anche accorta di essere stata scoperta e più veloce di lui aveva preso il volo.

Ma non deve essere lontano. Tutto si era sviluppato in pochi minuti e non importava quanto fosse veloce, non sarebbe stato troppo lontano dall'articolazione.

Tornando sui suoi passi, ruggì:

"Dov'è Betty?

"Se n'è già andato," rispose freddamente Lamore.

Phelps tentò di spingerlo via, ma il giocatore, fermandolo per un braccio, esclamò:

"Che diavolo ha, Grant?

"Vai all'inferno e fammi uscire. La ucciderò, devo ucciderla come traditrice e spia. È stata lei a denunciarmi e ora... Lasciami...

Ha fatto l'intenzione di puntargli il revolver. Lamore, sereno e dominante, lo schiaffeggiò forte, costringendolo a lasciar cadere l'arma ed esclamò:

"Eppure; non posso permettere che...

In quel momento, Skene, arrabbiato quanto Grant, apparve nella canna, piangendo:

"Cos'era quello, Grant?

Quest'ultimo, disperato e fiducioso nell'abilità e nell'aggressività del suo complice, gridò:

"Corre! Trova Betty e abbattila. Lei è la traditrice e...

Skene, sentendolo, cercò di vincere la partenza, ma Lamore, con voce incolore, ordinò:

"Tranquillo, Skene; meglio non provarci.

L'ordine era come una sfida e il bandito, rapidamente, portò la mano al fianco tirando la rivoltella, ma non avrebbe mai avuto la possibilità di sapere come fosse apparsa una piccola pistola nella mano del suo avversario che tuonò sommessamente per una sola volta.

Il bandito, in un gesto disperato, mosse entrambe le braccia per portarsele al petto in un movimento di infinita angoscia e sembrava stesse per continuare ad avanzare, ma improvvisamente crollò a faccia in giù, schiacciandola contro il pavimento.

Il proiettile piccolo ma preciso era volato dritto nel suo cuore marcio e l'assassino aveva appena avuto il tempo di rendersi conto dove la morte lo aveva colpito.

Grant, con gli occhi spalancati, indietreggiò, fissando con terrore il giocatore, mentre freddamente riponeva l'arma sotto l'ascella, dicendo:

«Grant, sei più di un comune furfante. Qui i furfanti sono una legione e devi accettare di vivere con loro, ma sei qualcosa di peggio. È uno dei tanti rettili che sciamano a ovest di Tombstone e nella sua avidità e mancanza di scrupoli non esita nemmeno ad uccidere donne infelici dopo che le hanno sfruttate e maltrattate.

"Che ne sai tu? Lei è una spia, una traditrice, ascoltava dietro il muro per sapere dei miei affari e denunciarli. Qui le spie sono finite...

«E codardi che si vantano di essere coraggiosi e poi assumono anche sicari. Seguendo questa teoria, avresti dovuto essere eliminato molto tempo fa, Grant, e se sopravvivi, è un miracolo. Perché avevi portato qui questo serpente, per tramare qualche nuova codardia? Sei così spregevole che ti manca il coraggio di affrontare i tuoi nemici. Perché non scappi come un coyote?

"Non devo darti un resoconto delle mie azioni. Perché presumi così tanto di essere uno spregevole giocatore d'azzardo che non è nemmeno servito a emanciparti dal lavorare come schiavo in questi luoghi?

«Ti risponderò con parole tue, Grant. Nessuno si immischia nei miei affari, ma aggiungo una cosa. Quella ragazza d'ora in poi è sotto la mia protezione e se le succede qualcosa, ti cercherò nelle viscere della terra e non avrà abbastanza testa per adattarsi al piombo che dovrò metterle dentro. Sei consapevole.

"E tu sei consapevole che non hai niente da fare qui ora. Da questo momento viene licenziato dalla bisca.

«Mi ero licenziato prima che tu ci provassi. Per quanto possa sentirmi macchiato, ho ancora molta dignità da disgustare lavorando per te.

Diede una gomitata al revolver di Grant con il piede, poi si chinò di scatto per raccoglierlo. Una volta in tasca, si preparò a lasciare i locali tra la sorpresa degli unici dipendenti che hanno assistito alla scena sanguinosa.

"Me ne vado, Phelps", indicò Lamore, "ma non dimenticare l'avvertimento che ti ho dato. Quella donna deve essere sacra per te se sei interessato a continuare a vivere. Non so dove nella sua disperazione si è rifugiato, ma poiché non riesco a trovarla, gli giuro che tornerò e darò fuoco alla tana bruciandolo vivo al suo interno.

Dominato da una rabbia fredda che lo rendeva molto più pericoloso, uscì sulla strada e, armandosi nuovamente di pistola, attese, ma Grant, spaventato, non sentì la reazione di inseguirlo e quando si convinse di non voleva farlo si mise a camminare lentamente chiedendosi cosa ne fosse stato della ragazza terrorizzata.

L'istinto le diceva che la conversazione che aveva riscoperto doveva interessare Tyson e i due cowboy, e logicamente si diceva che forse in preda al panico sarebbe andata alla locanda a cercarli per dar loro un resoconto di quello che era stato complotta e mettiti sotto la loro protezione.

E poiché la simpatia paterna che provava per la ragazza lo spingeva a non abbandonarla ma a proteggerla personalmente, non esitò un attimo ad andare alla locanda in cerca dei cowboy. Doveva scoprire se Betty si era rifugiata lì e, in tempo, parlare chiaramente con i tre uomini.

Quando raggiunse la locanda, l'atrio era quasi buio. In lui regnava il silenzio assoluto e l'impiegato di turno si era mezzo sonnecchiato dietro il bancone.

Lamore lo scosse dicendo:

"Svegliati. Una giovane donna è venuta qui di recente a chiedere di Wiggins e Sintair?

«No, signor Lamore», rispose l'impiegato che aveva riconosciuto il giocatore.

"Nemmeno per il giovane Tyson?

"Nessuna donna è arrivata.

"Non sei entrato senza rendertene conto?

"No. Anche se mezzo addormentato, non ero per non notare nessuna visita,

«Quei tre uomini sono qui?

"Due niente di più. Caleb Sintair è partito questa mattina e deve essere andato a Tombstone.

"Va tutto bene. Quando si alzano domani mattina, digli che sono stato qui e che ho bisogno di parlare con loro di una cosa urgente. Per favore, vieni a trovarmi al mio alloggio. Sai già dove vivo.

«Sì, signor Lamore; a casa della vedova di Sam.

"Perfettamente; ti aspetto lì.

Il giocatore, teso, lasciò la locanda e fece qualche giro per il villaggio, chiedendosi dove fosse andata Betty a rifugiarsi a quelle ore.

E all'improvviso ha indovinato. Se non fosse andata direttamente alla locanda, forse nel suo disorientamento sarebbe andata al suo alloggio, per rendere conto di ciò che aveva scoperto e cercare in lui la protezione di cui aveva tanto bisogno.

CAPITOLO IX
LA STORIA DI UNA VITA

Betty era corsa, nella sua disperazione, lungo la strada con l'angoscia di sentire le detonazioni esplodere da un momento all'altro. L'istinto le disse che Grant aveva indovinato tutta la verità sul suo coinvolgimento nei suoi affari e che gli sarebbe servito solo il tempo necessario per lasciare il suo ufficio e correrle dietro per trovarla.

La giovane donna, come una gazzella i cui piedi sono spalancati dalla paura, corse lungo la strada sollevando nuvole di polvere fine e raggiunse avidamente il primo vicolo trasversale, filtrando attraverso di esso. Dopo aver salvato la retta dalla bisca a lì, la sua speranza ora si concentrava sul disorientarlo, girando per strade e vicoli per sbarazzarsi dell'inseguimento e fare qualcosa di pratico che meritasse almeno di compensare il pericolo che correva.

E quando dopo un quarto d'ora di cammino disorientato, credette di aver per il momento allontanato il pericolo, la sua immaginazione iniziò a lavorare a pieno regime.

Non aveva un posto dove rifugiarsi o dove andare. Qualunque posto sarebbe stato ugualmente terribile per lei, e solo tre uomini avrebbero potuto mettere una barriera missilistica tra lei e quella di Grant. Questi tre uomini erano i rudi cowboy e Tyson.

La figura di quest'ultimo divenne forse troppo grande nel suo pensiero. Era un ragazzo determinato e coraggioso che un tempo era venuto in loro difesa e forse ora lo avrebbe fatto con più entusiasmo quando avesse saputo che aveva rischiato di essere colpito a morte, solo per scoprire un nuovo complotto contro di loro.

E incoraggiata da questa idea, raddrizzò la sua rotta verso la locanda. Anche se l'ora è stata molto prematura, la faccenda ha meritato di svegliare il duro terzetto.

Ma quando le si avvicinò, lei smise di irrigidirsi. Non starebbe facendo qualcosa di stupido per andarci? Il piano era di assassinare i tre alla locanda, e quando fu scoperto, la cosa logica era che l'assassino Skene si affrettasse ad andare alla locanda nella speranza di trovarlo lì, o impedirgli di arrivare in tempo per mettere il minacciati di guardia.

Il buon senso gli consigliava di non esporre più di quanto aveva esposto, ma la vita di questi uomini era in serio pericolo e doveva fare qualcosa per evitarlo.

E poi il nome di Lamore le venne alle labbra. Solo il giocatore d'azzardo era il suo vero amico e un uomo gentile. Come prima, poteva intervenire con più autorità ed energia e doveva affidargli il segreto di quanto scoperto.

Anche lui poteva fare qualcosa per aiutarla. Se non riusciva a trovare protezione in Cosimo, o nei suoi jeans, chi rischierebbe di essere abbattuto per averlo difeso?

Raddrizzando la rotta, si diresse alla loggia di Lamore. Doveva essere rimasto sorpreso dall'accaduto e, inoltre, terminato il suo lavoro alla bisca, sarebbe arrivato a casa.

Spaventata a ogni passo dall'imbattersi nel sanguinario Skene, arrivò al cottage e la chiamò.

La vedova si alzò per aprirlo e quando vide Betty, chiese:

"Cosa vuoi a quest'ora, ragazza?

«È venuto il signor Lamore? Ha chiesto avidamente.

"Non ancora.

"Quindi, per pietà, fammi entrare, proteggimi mentre viene. Mi inseguono, vogliono uccidermi.

E spinse la vedova cercando di spingerla da parte e chiudere la porta.

"Che ne dici, ragazza? Chiese la vedova.

"Se non lo sai, ma lo sa. Per favore, puoi venire a trovarmi prima che arrivi. Nascondimi in un angolo e non aprirlo a nessuno finché non arriva. Per pietà, ti prego!

"Okay, ragazza, non incolpare te stessa. Resterai nella mia stanza e non aprirò a nessuno finché non arriverà il signor Lamore. Dai, vieni e calmati.

E la condusse nella sua modesta stanza dove le offrì un po' d'acqua, perché la sua gola era come erba di sparto arsa.

La vedova ha cercato di scoprire qualcosa su ciò che le stava accadendo. Una curiosità molto femminile, ma Betty, chiusa in un silenzio selvaggio, ripeteva:

"Solo lui dovrebbe saperlo per ora. Perdonami, ma non posso parlare, non posso.

L'attesa per lei fu mortale, finché dopo molto tempo arrivò Lamore.

La vedova gli uscì incontro ed egli, con voce tremante, gli chiese:

"Nessuno si è presentato?

«Sì, Betty, quella della canna. È qui un po' di tempo fa ed è entrata terribilmente spaventata. Dice che vogliono ucciderla.

"Meno male che sei venuto qui. Dov'è?

"Nella mia stanza, ti aspetto.

"Fatela venire da me.

Betty uscì nell'atrio e correndo verso Cosimo lo abbracciò convulsa, supplicando:

"Per l'amor di Dio, proteggimi da quei mostri!

Calmati, ragazza; Non hai più nulla da temere

"Cosa dice?

"Che non hai più nulla da temere. Skene è morto e Grant non oserà alzare un dito.

"Oh mio Dio! L'hai ucciso?

«Sì, perché non si trattava di permettergli di uccidere te o me. Pensavo che saresti andato alla locanda e ti ho cercato lì.

"Oh, avevo questa intenzione! Ho dovuto avvertire quei poveretti del pericolo immediato che correvano, ma temevo che fossero andati avanti e fossero lì ad aspettarmi. Ecco perché mi sono arreso e ho pensato a te... come l'ultima volta.

«Il che significa che come l'altra volta era stato pianificato qualcosa di disgustoso e vigliacco.

«Sì, l'omicidio dei tre da parte di Skene. Questa l'avrebbe provata la mattina quando si sarebbero alzati per la colazione e si sarebbero incontrati nella sala da pranzo.

"Dimmi, Betty, come ti ha scoperto Grant?

"È stato un incidente fortuito causato dai miei nervi. Quando ho saputo del piano, volevo correre per raggiungere la locanda prima di quel ragazzo e sono inciampato sul tavolo. La brocca e il bicchiere caddero e andarono in frantumi e il rumore mi denunciò. Grant deve aver capito che era così che avevo appreso quanto sopra ed era sicuro che mi avrebbe cercato e mi avrebbe abbattuto.

«Così è stato, Betty, e tu sei stata salvata per miracolo. Te ne eri appena andato che lui ti stava già cercando in camerino. Quando ha scoperto che eri fuggito, voleva inseguirti e io mi sono messo in mezzo. Ho dovuto disarmarlo, ma è apparso Skene e gli ha ordinato di cercarti. Skene voleva farmi fuori dai piedi con la rivoltella, ma era lento. Lì rimase con un proiettile nel cuore.

"Mio Dio, in che pericolo l'ho messo!

"Non essere dispiaciuto. Le cose stavano diventando troppo tese e questo o qualcosa del genere doveva succedere prima o poi. Finora il pericolo è stato scongiurato perché ho dato a Grant un avvertimento molto serio. Gli ho detto che se ti succede qualcosa Darò fuoco alla bisca con lui dentro e lui mi conosce per sapere che lo farei.

Ma questo significa...

"Il fatto che?

"Che non potrai più tornare alla bisca.

"Almeno come dipendente in esso, no.

"È orribile. Era il suo lavoro e io...

"Non preoccuparti. Stavo progettando di smettere, quindi si trattava solo di spingere un po' prima la cessazione. Ora dimmi tutto quello che hai sentito.

Gli ha fornito un resoconto dettagliato dell'intervista di Grant con Skene. Quando ebbe finito, Lamore fece un commento:

"Avrebbe dovuto farlo chiamare da Tombstone, dal momento che Skene si esibiva lì con più successo e profitto e non voleva sapere nulla di questa città.

"Sì, ma era senza soldi e cinquecento dollari per l'omicidio dei tre gli sembravano una cifra ragionevole. Ora che ne sarà di quegli uomini?

"Suppongo che nulla, almeno per il momento, poiché con la morte di Skene il pericolo per loro è stato scongiurato.

"Poi?

"Più tardi non posso prevederlo, ma non sono stupidi e faranno qualcosa. Prevedo che Grant ha le sue ore contate e non scommetterei un centesimo sulla sua vita.

"Hai intenzione di rendere conto a quegli uomini di quello che è successo?

"Non avrò scelta. Ti ho convocato qui per domani mattina.

"Perché?

"Perché non sapevo cosa ti fosse successo, avevo bisogno che ti trovassimo insieme.

«Siete molto bravo, signor Lamore.

"Sono come tanti. Ora, Betty, devi dimenticarti che per prenderti cura del futuro, cosa pensi di poter fare?

«Non lo so, signor Lamore. Che tu ci creda o no, correndo così tanti pericoli qui con Grant, penso di essere stato più al sicuro che altrove.

"Non ti capisco, ragazza. Non c'è sicurezza qui per una donna come te e ovunque al di fuori del contatto con queste persone dure e ruvide vivrai con sicurezza e decenza. Se il problema è che hai bisogno di soldi per trasferirti da qualche altra parte, non preoccuparti. Ho guadagnato più del necessario per le mie magre esigenze e purtroppo non devo risparmiare per nessuno alle mie spalle. Io posso offrirti ciò di cui hai bisogno e tu non lo disprezzi come una carità che ti umilia, ma come un favore fatto di cuore.

«Non dica queste cose, signor Lamore. Non sei in grado di offendere nessuno e so con l'intenzione che fai l'offerta. In realtà, forse avevo bisogno di qualcosa, anche se Grant mi ha pagato il conguaglio e l'ho salvato in previsione che domani sarei stato in grado di averne bisogno. Ma il problema non sono i soldi, ma qualcosa di più complicato. Grant è una brutta creatura, lo ammetto, ma la mia vita era legata a lui in modo assurdo da un'imposizione del destino. So che si era preso una cotta per me ed era in pericolo per questo, ma per egoismo e calcolo mi ha salvato da un pericolo più immediato e il compenso mi costringeva ad agire nella sua bisca per un periodo di tempo indefinito. Entrambi eravamo interessati a tuffarci in un ambiente del genere per essere più garantiti contro il pericolo comune che ci minacciava ugualmente.

Lamore la guardò con stupore, non capendo affatto.

"Puoi spiegarti meglio?" Chiedo.

"Sì. L'altro giorno ho promesso di raccontargli la mia triste storia ad un certo punto. Penso che questo sia il momento giusto. Inizierò dicendo che il mio nome non è quello di Betty. Mi interessava nascondere quella vera per diversi motivi che capirai quando ti avrò raccontato tutta la mia vita. Mio padre era un uomo che aveva ereditato un capitale non molto grande, ma bastava per vivere comodamente e non preoccuparsi del futuro. Aveva sposato una donna molto carina e molto buona e Non lo dico perché era mia madre, e da quel matrimonio avevano avuto una sola figlia, io. Mio padre amava molto la caccia, maneggiava molto bene il fucile e la sua passione era la caccia grossa.

"Nelle Montagne Rocciose aveva assunto pezzi di grande importanza. Grandi orsi, feroci puma, feroci lupi, tutto ciò che costituiva pericolo e produceva l'emozione di essere braccati.

"Un giorno fu organizzata un'escursione che includeva diversi cacciatori appassionati come lui e si inoltrarono nelle montagne più pericolose alla ricerca di pezzi degni dei loro fucili.

"Avevo allora dodici anni e mia madre trentaquattro. Era nel fiore degli anni ed era più bella che mai.

"E accadde che, in un modo che non si poteva chiarire in modo categorico, mio padre si arrampicava dietro un pezzo di rupi, deve essere scivolato nella salita, ed è caduto giù per un pendio terribile, cadendo a fondo di una voragine. Qualcuno che faceva parte della spedizione lo vide cadere e gli indicò il luogo esatto, ma non vi era possibilità di discendere alla ricerca del suo corpo e rimase, per sempre, a giustificare la sua morte la testimonianza di chi lo accompagnava e, soprattutto dell'amico che lo aveva visto cadere senza poter fare nulla per evitarlo.

"Quando ci hanno comunicato la notizia della tragica morte di mio padre, mia madre ha pensato che stesse impazzendo. Era un colpo terribile per lei dal quale avrebbe impiegato del tempo per riprendersi.

»Allora studiavo in una scuola a Sacramento, dove, tra l'altro, imparavo a suonare il pianoforte ea cantare. Mi sono piaciuti entrambi e hanno detto che avevo una voce molto carina.

»Mia madre mi ha tenuto a scuola per un po' senza decidere di tirarmi fuori. Era molto sola, aveva bisogno della mia compagnia, ma voleva che completassi la mia istruzione e ne uscissi completamente istruita. Mio padre aveva lasciato una fortuna regolare che ci proteggeva dalle preoccupazioni e siccome mia madre era un'ottima amministratrice, non c'era motivo di preoccuparsi del futuro in senso economico.

«Mia madre non aveva famiglia e quanto a mio padre, so che aveva un fratello piuttosto irrequieto con una testa pazza che, dopo alcune follie che lo portarono a perdere il suo patrimonio privato, aveva attraversato il confine canadese e stava attraversando Alaska in cerca di giacimenti d'oro come tanti altri avventurieri che erano andati lì per cercare di fare o ricostruire la loro fortuna.

"Gli amici e compagni di caccia di mio padre erano molto interessati a noi durante i primi mesi, ma a poco a poco la nostra tragedia è stata dimenticata e le visite sono state distanziate fino a morire languidamente.

«Solo uno di loro si è comportato diversamente con gli altri. Era il più assiduo, quello che mostrava più affetto al mio povero padre, e quello che non cambiava comportamento. Rimase fedele all'amicizia ed era l'unico che sembrava non dimenticare il dramma e noi.

«Andava assiduamente dalla mamma, qualche volta veniva a scuola con lei a farmi visita, assicurandomi che ero il ritratto vivente della mamma e che sarebbe stata bella come lei e non si sarebbe mai disertata dalla nostra parte.

Ma quella che sembrava un'amicizia disinteressata conteneva qualcosa di più profondo. Quell'uomo era innamorato di mia madre e con determinazione e pazienza illimitata stava preparando il terreno per farle interessare un giorno a lui

"Per molto tempo non ha fatto allusione alla sua passione per la mamma. Uomo intelligente e sottile, sapeva che sarebbe stato controproducente correre quando la ferita sanguinava nel suo cuore e, al contrario, si è dato al compito di aiutarlo a guarire in modo che al momento giusto non si riaprisse, frustrando le sue speranze.

E ha avuto la pazienza di saper aspettare due anni senza aprire bocca per accennare il minimo. Al contrario, sembrava disinteressato al riguardo e talvolta consigliava la mamma su questioni di affari riguardanti il nostro capitale e le risolveva alcuni piccoli problemi in tal senso.

E quando credette che il manto dell'oblio fosse caduto sulla sua anima e che la giovane vita di mia madre avrebbe richiesto nuovi slanci d'amore nel suo seno decise di dichiararsi a lei con eventi di viva commozione. E confessando che era follemente innamorato di lei molto tempo fa e aveva posseduto l'eroismo di affogare il suo amore durante quel lungo periodo nella speranza che lei lo capisse con l'accordo e apprezzasse il suo profondo affetto che poteva fornire senza nulla togliere accanto al quale il destino lo aveva così tragicamente portato via.

"Mia madre respinse con delicatezza le sue proposte. Fu infinitamente grata per la sua amicizia, i favori ricevuti e l'onore che le fece amandola così a lungo in silenzio e adorando quell'amore senza venir meno a questo, ma non era entrata in i suoi calcoli per risposarsi e non poteva darle alcuna speranza.

»Sembrava accettare il rifiuto con rassegnazione e questo non significava che avesse rotto l'amicizia con la madre. Al contrario, come se non ci fosse nulla; In passato ha continuato a farle visita senza mai accennare a quella scena violenta.

»Avevo già lasciato la scuola. Stavo diventando una piccola donna piuttosto attraente e la mamma era molto felice di avermi al suo fianco.

E un giorno accadde qualcosa di tragico. La mamma aveva investito la maggior parte di quello che mio padre aveva lasciato in magazzino in una miniera di stagno nel sud della California. Il nostro amico aveva anche investito una buona somma di denaro in azioni e all'inizio i dividendi erano stati buoni, ma improvvisamente, senza conoscerne la causa, la miniera era fallita e le nostre azioni erano diventate carte senza valore.

»La mamma ha avuto un momento di disperazione. Da tempo eravamo caduti in rovina e dovevamo pensare a come risolvere il futuro in base a un lavoro degno di entrambi.

E di nuovo si alzò l'amico di nostro padre. Rimpiangendo quell'incidente che aveva colpito duramente anche lui, ha ribadito la sua proposta alla mamma. Nonostante il disastro, ha tenuto abbastanza per noi per vivere bene e ha proposto di nuovo il matrimonio.

»Questo ha conquistato la fiducia della mamma. Non provavo amore per lui, ma provavo una viva simpatia per la sua tenacia e volontà e grande gratitudine per la sua offerta di impedirci di cadere e cercavo più me che lei, finì per accettare.

"Non sapevamo nulla delle vicende particolari di quell'uomo. Non ce le ha mai raccontate e se ha fatto allusione è stato per dire che trafficava in molte cose, aveva un capitale distribuito in azioni industriali e altre imprese e talvolta faceva dei viaggi da cui impiegò una settimana o due per tornare e qualche tempo dopo per tornare a riprenderli.

»Non mi è piaciuto. Avrei preferito che la mamma non si sposasse per il buon ricordo che aveva di mio padre, ma ha capito che non aveva il diritto di sacrificare la sua giovane vita, tanto meno di buttarla nel duro lavoro quando non ne aveva mai avuto bisogno per vivere bene.

"Il matrimonio ebbe luogo e lui ci portò in una piccola casa di campagna che possedeva non lontano da Sacramento. Ci disse che avrebbe comprato una casetta nella capitale e l'avrebbe arredata dignitosamente e che per tutta l'estate avremmo vissuto in campagna.

'La mamma non aveva fretta di muoversi. Al contrario, le piaceva la vita di campagna mite e tranquilla e sebbene desiderassi vivere in luoghi più affollati e socievoli, mi rassegnavo a lei.

»Il mio patrigno andava e veniva spesso a Sacramento. Oltre a richiedergli, come diceva, l'installazione nella nostra nuova casa, aveva un'attività in città che rendeva necessario non perderlo di vista e talvolta impiegava diversi giorni per tornare a passare qualche ora con noi e ripartire.

"Un giorno, sei mesi dopo che ci eravamo sposati e dopo la sua assenza di più di quindici giorni, un agente federale e uno sceriffo vennero nella nostra casa di campagna a cercarlo. Mia madre, spaventata, disse loro che era a Sacramento a occuparsi dei loro affari e chiese a cosa fosse dovuta la presenza di quelle autorità e perché lo stessero cercando.

E poi è stato scoperto qualcosa di terribile. Nulla di ciò che ci aveva fatto credere fosse vero, la maschera di una persona perbene di cui si era coperto era stata strappata dalle sue stesse rapine e fu allora che sapevamo che tipo di uomo era e la farsa che aveva rappresentato .

»Era perseguitato come truffatore. Insieme ad un altro soggetto che era già stato arrestato, avevano fondato una falsa operazione di miniera di stagno alla quale avevano interessato molti soci sinceri, riuscendo a piazzare una grossa somma di azioni, intascando molti soldi.

»Per mantenere l'inganno e dare la caccia ai nuovi imbroglioni, pagavano buoni dividendi con il capitale raccolto dai nuovi azionisti e così si erano formati la palla, riuscendo a vivere splendidamente di soldi che non erano loro e per i quali prima o poi avrebbero dover rendere conto.

Ed era in quella miniera dove mia madre aveva messo i nostri soldi su suggerimento di quell'uomo. Mia madre era sicura che le avesse mostrato quante azioni possedeva. Erano le azioni false destinate ad essere vendute a tutti gli incauti che si lasciavano prendere nelle reti.

"Inoltre, questo ragazzo era un giocatore d'azzardo feroce ben noto in tutte le bische della California e dell'Arizona. Fu anche accusato di essere un imbroglione con le carte da gioco e di aver truffato diversi allevatori in combinazione con alcuni giocatori d'azzardo poco apprensivi come lui.

»Qualcuno che si era insospettito della legalità della miniera aveva provveduto segretamente a verificare la veridicità della cucitura e con profonda sorpresa aveva scoperto che non esisteva né era registrata una tale miniera, né nessuno al mercato era a conoscenza delle azioni di quel brutto uomo affare.

"Quando avevano sporto denuncia contro di lui per frode, lo avevano cercato a Sacramento e catturato in una bisca. Si era reso conto di cosa lo aspettava e si era fatto strada a colpi di pistola, ferendo gravemente uno sceriffo e un commissario che lo accompagnava. Lui era riuscito abilmente a sgattaiolare via, cancellando le sue tracce, ma il proprietario della casa di campagna in cui abitavamo sapeva dove ci trovavamo ed era venuto a cercarlo nel caso si fosse rifugiato in mezzo a noi.

E si è scoperto che nemmeno la casetta in cui abitavamo e che lui sosteneva di sua proprietà era nostra. Per tutta la vita era stata una sapiente farsa che sapeva mantenere viva tra noi, perché mia madre, schiva e poco curiosa, non era mai stata estremamente ansiosa di conoscere a fondo la verità sulla vita di suo marito.

E ancora una volta ci ritroviamo non solo impantanati nella miseria, ma anche sopraffatti dall'imbarazzo di sapere che siamo legati alla storia scandalosa e degradante di un predone senza scrupoli che aveva defraudato il nostro patrimonio, ingannato malvagiamente e ferito mia madre nel parte più profonda del suo essere, donandogli così ferocemente un amore che era stato solo un caparbio capriccio, impossibile da soddisfare, se non attraverso un'unione legale.

«Quel colpo doveva essere fatale per la mia povera madre. Si ammalò gravemente quando scoprì l'inganno e non alzò più la testa. Sei mesi dopo morì consumata da un dolore consumante per il quale non c'erano medicine possibili.

E mi sono vista sola e isolata nel mondo senza sapere cosa fare o quale decisione prendere. Il mio unico parente era il fratello di mio padre, di cui non conoscevamo una parola da molti anni e non potevamo nemmeno rivolgerci a lui per chiedere aiuto. Quando ero un po' stordito non dovevo perdere tempo a provare qualcosa per vivere. I pochi soldi che ho trovato a casa quando è morta mia madre stavano finendo e dovevo fare qualcosa in fretta.

"Per caso ho saputo che un taglialegna che aveva trasferito la sua attività si stava trasferendo in Colorado e stava cercando una donna giovane e colta che si occupasse degli studi di una ragazza che aveva. La coppia aveva acquistato un podere isolato lontano da ogni città e non voleva separarsi dalla ragazza per iniziare il loro insegnamento.

"Ho fatto domanda e sono stata ammessa. Ci siamo trasferite in Colorado e per un anno e mezzo ho vissuto felicemente isolata in quel panorama dolce e balsamico, dedita al compito di insegnare alla ragazza le prime lettere e le cose più elementari.

Ma la sfortuna mi perseguitava. La ragazza è morta di polmonite e quando meno lo sospettavo sono stata ributtata nell'assalto della vita senza lavoro e senza famiglia. Con i miei risparmi mi sono trasferito a Denver, dove ho cercato lavoro. Ho cucito in alcune case, mi sono disperata più volte per mancanza di lavoro e alla fine mi sono ritrovata senza un soldo e con il giorno e la notte come una fortuna.

Nella mia disperazione un giorno lessi un annuncio pubblicitario su un manifesto inchiodato alla porta di un piccolo teatro della città. Avevano bisogno di artisti che cantassero regolarmente per uno spettacolo che si stava organizzando.

E ricordando che cantava abbastanza bene e suonava il pianoforte, mi presentai disperatamente. Mi hanno messo alla prova, mi sono piaciuti e sono stato assunto.

»Ho attraversato una paura incredibile il giorno della mia presentazione e ne sono uscito mezzo aggraziato. Più tardi, mi sono messo in bilico e sono finito per essere uno degli artisti più apprezzati nel cast.

"Fu allora che adottai il nome Betty", La Rubia, "e con lui e il mio uomo d'affari ho viaggiato in molti posti, non solo in Colorado, ma nel New Mexico. Pagato abbastanza male, ma mi sono difeso con il mio stipendio e in mezzo alla mia sventura mi sentivo soddisfatto.

»Le nostre ultime esibizioni in New Mexico sono state disastrose. Le spese non sono state coperte e l'imprenditore, che ha speso più di quanto ha guadagnato, ha finito per dirmi che non poteva continuare l'attività e che avrebbe disfatto il gesso e ancora una volta sono stato minacciato di miseria, perché mi doveva anche qualche settimana di recitazione.

»In quei giorni eravamo stati visitati da un individuo che sosteneva di essere stato incaricato di assumere alcuni artisti per uno spettacolo simile a Las Vegas. Mi ha assicurato che era una cosa seria e che potevo esibirmi lì tutto il tempo che volevo, perché quello che serviva erano ragazze bellissime che sapevano cantare bene. Mi ha detto che agiva per conto del proprietario dei locali. Questo si chiamava "Mexico Salon" e il suo proprietario Rich Mac Kinney.

»Molto castigata da molte cose, ho chiesto garanzie e poi lei mi ha mostrato un contratto firmato dal proprietario del locale. Era vuoto e dovevo solo mettere il mio nome, l'importo da vincere e il tempo perché ci siamo impegnati l'uno con l'altro.

»Chiesi dieci dollari al giorno e almeno sei mesi prorogabili se ci andava bene, nel qual caso il mio stipendio sarebbe stato rivisto e con quella garanzia e un anticipo di cinquanta dollari, mi misi in viaggio otto giorni dopo accompagnato dall'agente e altre sei ragazze che erano state assunte come ballerine.

»E il mio stupore, la mia rabbia e la mia disperazione non avevano limiti, quando la notte in cui fui portato nei locali, mi accorsi che si trattava di una bisca di lusso che non aveva nulla in comune con gli spettacoli teatrali, poiché in questi era necessario alternarsi con il pubblico oltre a lavorare al tabladillo.

Ma qualcosa di più tragico mi aspettava ancora. Quando sono stato passato all'ufficio del proprietario per essere presentato, sono stato accolto con la terribile sorpresa che il proprietario era niente di più e niente di meno che l'uomo che ci aveva così crudelmente ingannati rovinandoci la vita.

"Per sfuggire alla persecuzione della giustizia, aveva cambiato il suo nome in Rich Mac Kinney e quindi non avrebbe mai potuto sospettare che fosse lo stesso.

»La scena che abbiamo avuto lo può supporre. Appena l'ho visto ho provato una tale indignazione che mi sono gettata su di lui cercando di graffiarlo. Mi tennero tra loro due e quando caddi esausto per avergli lanciato insulti e chiamandolo come si poteva chiamare, aggiunsi:

E adesso me ne andrò da qui e ti denuncio come ladro e falsario. Sei l'uomo più vile sulla terra e una prigione si sentirà degradata ad accoglierti dietro le sbarre.

Ma lui, posando freddamente la rivoltella sul tavolo, mi disse con gelido accento:

“» Ascolta, piccolino. Se hai poco amore per la vita, prova quello che vuoi, ma è possibile che prima di raggiungerlo avrai cessato di esistere. È stato difficile per me sfidare molti pericoli per arrivare qui e fuorviare i miei inseguitori e capirai che con la mia vita in gioco non permetterò a te o a nessun altro di metterla di nuovo in pericolo. Quindi informati su questo. Sono solo Rich Mac Kinney e tu, Betty, "la bionda". Come artista hai un contratto da adempiere e tu lo adempirai e io come imprenditore adempirò il mio. Farai molta attenzione ad aprire la bocca scoprendomi, perché finché ti ci vorrà per farlo, ti ci vorrà per morire. Avrò al tuo fianco un uomo che osserverà ogni tua mossa notte e giorno e al minimo accenno di tradimento ti inchioderà diversi proiettili senza alcuna contemplazione. Il destino ti ha portato qui e tu ti rassegnerai come io mi rassegno. Non so cosa abbia in serbo per noi in futuro, ma finché non ci sarà un'altra soluzione, ci rassegneremo. E non pensare che stia solo cercando di spaventarti. La mia vita è in gioco e tu sai già abbastanza su di me per capire che non mi fermerò davanti a nulla. E non ti dico di più. Al piano superiore ci sono stanze per te. Non avrai scuse per andare in giro da solo e tradirmi, perché non lo permetterò. Al piano superiore ci sono stanze per te. Non avrai scuse per andare in giro da solo e tradirmi, perché non lo permetterò. Al piano superiore ci sono stanze per te. Non avrai scuse per andare in giro da solo e tradirmi, perché non lo permetterò.

"Devo confessare che ho provato una paura orribile. C'era una tale risoluzione nei suoi occhi che ho capito che non stava minacciando invano.

E con la disperazione nell'anima sono stato costretto ad accettare quel nuovo calvario e sono rimasto isolato come una preda nelle sue grinfie.

Anche se un po' più distinto degli altri, dovevo essere uno dei tanti nella bisca. Mi osservavano ferocemente e avevo sempre la minaccia di un uomo al mio fianco.

Ed è stato lì che ho incontrato Grant Phelps. Stava gestendo il problema del gioco d'azzardo ed era apparentemente associato a Rich nel business. Grant si è presto infatuato di me. Mi ha assediato tutte le volte che ho avuto la possibilità di farlo e sono stato costretto a tenerlo a bada per evitare un nuovo conflitto.

"Un giorno Grant, approfittando dell'assenza di Rich, mi disse:

“'Ascolta, ragazza, so qualcosa di quello che ti succede e capisco la tua disperazione e il desiderio che provi di poter abbandonare questo maiale. Nemmeno io sono molto soddisfatto di lui e sono disposto ad abbandonarlo, ma non senza prima avergli restituito qualche pessimo lavoro che mi ha fatto. Se vuoi, faccio un patto per te. Ho organizzato tutto per andare nel sud dell'Arizona, dove sarebbe molto difficile localizzarmi perché è un posto relativamente nuovo e sconosciuto per queste persone. C'è la possibilità di fare affari in breve tempo e sono deciso a provarla aprendo un punto vendita. Se accetti, ti prometto di portart fuori di qui e di portarti con me. Impongo solo come condizione che tu debba lavorare per me per un anno. Ti pagherò meglio di Rich e questo ti servirà da rifugio contro di lui. Quando mi manchi e non ti trovo si stancherà di cercarti e chissà se la paura che tu lo vendichi lo costringerà a sparire da qui marciando verso l'inferno. Allora... forse ti convincerai che posso essere l'uomo ideale per te e c metteremo d'accordo. Quella volta lo dirà.

«Temevo che fallisse e ho rifiutato, ma ha dipinto tutto così facilmente, lo aveva preparato così bene, che è arrivato un momento in cui ho creduto che non ci fosse un grande pericolo nello spezzare quella catena e ho deciso.

La mia idea era di riuscire a fuggire da Rich. Più tardi, sarebbe stato più facile sbarazzarsi di Grant e io ho accettato.

"Un giorno mi diede una lunga corda annodata che doveva essere usata per farmi scivolare dalla finestra alta sulla strada. Lì mi avrebbe aspettato con due cavalli e saremmo fuggiti a Santa Fe e lì in treno saremmo entrati in Arizona e cancellato tutte le tracce rendendogli impossibile localizzarci.

E senza dubbio. Una notte buia, dopo la chiusura del locale, quando ho aperto la finestra ho visto Grant di sotto con i cavalli. Ho legato la corda al borsone e sono scivolato giù, in sella al mio cavallo e scappando con lui.

"Siamo arrivati a Santa Fe sani e salvi e lì, in treno, abbiamo percorso innumerevoli miglia per arrivare qui, dove Grant aveva pianificato di allestire i comune.

"Sulla strada ho imparato qualcosa che ha peggiorato ulteriormente la nostra situazione. Grant mi ha confessato quando ho espresso il timore che ci seguisse e che non avrebbe avuto il tempo di farlo. Cinico mi disse che anche lui aveva vendicato qualcosa che aveva in sospeso con Rich. Quella notte, prima di venirm a prendere, quando si era incontrato con Rich per dargli un resoconto dell'incasso di quel giorno, aveva approfittato di una svista del suo compagno per sferrare un feroce colpo alla testa e farlo cadere a terra. mente. Poi, aveva sequestrato quant soldi teneva e noi eravamo fuggiti con lui, ma ancor di più, sapendo che era perseguitato dalla giustizia, ne aveva inviato uno anonimo allo sceriffo denunciando chi fosse veramente.

«Non so cosa sia successo a quel cattivo e anche se non ho brutti sentimenti non provo pietà per lui, né mi fa male nulla di quello che gli succede. Quanto a

Grant, è finito per essere cattivo o peggio di Rich, perché anche se non si è innamorato troppo di me, sai come si è comportato alla fine.

«Questa è la mia triste storia e questo è il motivo che mi ha legato a quel disgraziato. Un motivo di sicurezza per me per ignorare ciò che è successo a Rich e se è stato nuovamente rilasciato dalla giustizia e mi sta cercando in tutto l'Occidente.

Quando ebbe finito, guardò Lamore. Questa, tesa, appoggiata al muro, sembrava una statua di ghiaccio. Il colore era sparito dalle sue guance e c'era un terribile bagliore nei suoi occhi che spaventò la ragazza.

Questo si alzò e avanzò verso di lui chiedendo con timore:

"Per favore, signor Lamore! Cosa gli succede? Ti sei ammalato?

CAPITOLO X

CONTI PI REGOLATI

In effetti, Lamore sembrava malato. Un pallore molto più pronunciato del solito gli copriva il viso e, come se le sue forze fossero state esaurite, era stato costretto ad appoggiarsi al muro per restare in piedi.

Betty non lo aveva notato fino a quel momento. Eccitata dai tragici ricordi che il suo racconto evocava, parlava seduta, a testa bassa e vergognandosi di quello che diceva, e il fatto che il giocatore non avesse aperto bocca durante il lungo racconto aveva contribuito a non rendersene conto. dell'atteggiamento di Lamore.

Questo ha preso a rispondere. Con uno sforzo si staccò dal muro e scosse la testa come se qualcosa gli pesasse e volesse spingerlo via. Poi, con voce rauca, rispose:

"No, non era niente; beh, niente che influisca sulla mia salute. Semmai tanta emozione ad ascoltarti, ragazza, perché quello che mi hai detto...

Poi all'improvviso chiese:

"Qual è il tuo vero nome? Non me l'hai detto.

"Mi chiamo Khaterine Keller.

«E il vero nome di Rich Mac Kinney?

"Perk di Potter.

"Bene, ragazza, ora posso parlare. Aspettando.

Andò al petto e lo frugò. Con mano tremante presentò il medaglione con l'effigie della bella donna, chiedendo:

"La conosci, Khaterine?

La ragazza, stupita, prese il medaglione e quando fissò lo sguardo sull'immagine sentì tutto il sangue affluirle al viso in un'onda bruciante. Quasi esitante, gridò:

"OMG! Questo ritratto è di mia madre.

"E questo, lo conosci? "Il giocatore continuava a chiedere, presentandogli l'altro ritratto.

L'emozione della ragazza è aumentata fino a un certo punto quando ha riconosciuto il cacciatore come suo padre.

"OMG! "sigh". Come possiedi questi ritratti?

"Molto semplice, ragazza, perché nemmeno io sono Cosimo Lamore. Mi chiamo Klossen Keller e sono...

"Mio zio Klossen!

«Tuo zio Klossen, il fratello di tuo padre John Keller.

"Buon Dio e che strana coincidenza! Come potevo sospettare che tu...!

"Come me, Khaterine, perché ciò che quel bandito di Potter ti assicura dicendo che sei il ritratto vivente di tua madre, non è vero. Sei bella quanto lei, ma i tuoi lineamenti non mi hanno fatto ricordare i suoi, forse perché con quello che hai sofferto li hai resi molto duri, perdendo in loro quella morbidezza che possedeva tua madre.

"È possibile, ma come sei diventato qui...?

«In un giocatore d'azzardo, no? Capricci della vita, piccolino, capricci e un po' di influenza della tua stessa storia, perché anch'io ho cercato Potter per molto tempo per qualcosa che conosci e ignori.

E poiché è giunta l'ora delle sacre confidenze, è giusto che anch'io ti faccia mia. Pericoloso in un altro modo come il tuo, ma con uno scopo più duro e spietato.

Dal poco che sai di me, sai che sono andato in Canada e poi in Alaska. Era stato un ragazzo viziato senza volontà propria. La morte di mio padre mi ha privato di quel poco di ritegno che possedevo e in poco tempo ho speso la mia eredità. Quando mi sono ritrovato senza un soldo e sprofondato in un pozzo di debiti, ho deciso di scrollarmelo di dosso e provare qualcosa per ricostruire la mia fortuna e sono andato in Canada.

»Avevi poco più di dieci anni ed eri a scuola. Tuo padre era felice nel suo matrimonio e io non volevo essere una pecora nera per lui rovinandomi. Sono partito senza nemmeno salutarli e sono stato assente per molto tempo.

»Sono tornato molto duro di ossa e spirito e con un po' di soldi e quando sono arrivato, ho saputo della tragica morte di mio fratello e di come, secondo l'affermazione di Potter, nessuno si fosse azzardato a cercare il suo corpo.

»La cosa mi sembrò molto strana, e poiché la necessità mi aveva trasformato in un vero scalatore di abissi in mia assenza, decisi di tentare la fortuna e cercare il cadavere. Non sapeva perché non fosse contento dell'incidente, perché tuo padre era un uomo duro in montagna e sapeva come muoversi in posti così pericolosi. E dopo molti tentativi e non senza correre gravi pericoli sono riuscito a scendere nel baratro e scoprire il cadavere mezzo decomposto dall'azione del tempo.

»Ma ho potuto anche verificare qualcosa di molto serio. Tuo padre non era morto per caso. Nel suo corpo aveva due proiettili di pistola che gli erano entrati nella schiena, spingendolo nell'abisso.

»Sono riuscito a sollevare il corpo con una fune, sono andato alle autorità e ho denunciato l'accaduto. Dato che questo era vecchio e nessuno sapeva dove fossi, non sembra che si siano presi la briga di fare domande. Ma sono riuscito a conoscere i nomi di alcuni di quelli che hanno fatto la spedizione e parlando con loro, tormentandoli con domande, ho tratto una conclusione chiara; nessuno era presente quando tuo padre è caduto nell'abisso più di Potter Perk.

Questo sembrava centrare i sospetti su di lui. Perché? Non lo sapevo, ma quando dopo mille domande e una sfortunata perdita di tempo ho saputo qualcosa su di te, la prima cosa che ho saputo è stata che tua madre aveva sposato Potter e questo mi ha chiarito molte cose.

»Era innamorato di tua madre, forse non c'era niente del genere, ma il desiderio di potersi appropriare dei soldi di tuo padre; Qualunque cosa fosse, mi era chiaro che era stato lui a rimuovere l'ostacolo che lo separava dall'ottenere ciò che voleva e per questo aveva colto l'occasione per sbarazzarsi di mio fratello.

E non avevo più di un singolo pensiero. Cerca te, cerca Potter in particolare e chiedigli di rendere conto del suo farabutto.

'Ho perso molti mesi vagando per l'Occidente alla ricerca di qualche indizio che mi avrebbe portato a lui. Non è stato facile come sembra ottenerlo e solo a causa dello scandalo che ha creato a Santa Fe con la questione delle false azioni della miniera di stagno e del suo attacco alle autorità, ho trovato le sue tracce, ma era così molto tempo fa, quando volevo seguirlo, mi è sfuggito di mano.

E la cosa tragica era che era convinto che da quel momento in poi sarebbe stato più difficile localizzarlo, poiché era naturale che, sapendo di essere perseguitato, cambiasse nome per ingannare meglio i suoi inseguitori.

D'altra parte, sforzando la memoria, lo ricordavo a malapena. Avevo un ricordo indefinito di averlo visto una volta preparare una battuta di caccia con tuo padre poco prima di partire, ma tutto ciò era così impreciso che non ero del tutto sicuro che lo avrei riconosciuto se l'avessi trovato, a parte il fatto che da allora qui , pochi Anni e anni cambiano non poco la fisionomia delle persone.

Ma non aveva altro scopo che trovarlo e applicare la punizione che la legge non aveva potuto fargli abbattere. Che vivessi molti o pochi anni, mi dedicherei a viaggiare in Occidente alla ricerca di esso e niente di meglio che vivere nel suo mondo sotterraneo per avere una possibilità più approssimativa di raggiungerlo.

E poi, ricordando le vicissitudini della mia vita movimentata nei campi minerari dell'Alaska, ho iniziato a sfruttare il gioco. Ho una grande capacità di maneggiare le carte e lo stesso le uso con onestà che applico i trucchi che mi hanno reso una vittima per guadagnare l'oro che mi era costato tanto ottenere.

E così, precipitando di città in città e di stato in stato, sono sceso a sud con la folle speranza di imbattermi un giorno in quel miserabile. Un uomo della sua specie, propagandato dagli sceriffi, può vivere e nascondersi solo in posti come questi e quindi ho cercato di non allontanarmi da loro.

Ma gli anni sono passati e ho perso la speranza di scoprirlo e di sapere qualcosa su di te, perché sapevo di tua madre che era morta quando a quanto pare sei partito per il Colorado senza lasciare traccia.

»Questa è stata la mia vita rischiosa e povera e non ho mai potuto sospettare che l'infelice Betty, alla quale ho sempre professato un affetto paterno perché la ritenevo vittima del destino, fosse la mia adorata nipote che conoscevo solo da quando era poco più che di nove anni. .

»Non so se la provvidenza sia intervenuta unendoci nel caso quando meno ce lo aspettavamo, ma voglio credere che sia così saggio, che l'abbia disposto così e questo mi fa sperare che un giorno raggiungerò il obiettivo primario della mia vita, che è affrontare Potter e abbatterlo perché è infelice.

Ora mi hai dato alcuni rapporti su di lui. Dovrò fare indagini per scoprire se a Las Vegas potrebbe essere arrestato grazie alla denuncia di quell'altro rettile che è Grant o se è riuscito anche lui a sfuggire alle grinfie della legge.

Per un momento rimasero in silenzio, guardandosi l'un l'altro con profonda emozione.

La giovane donna sospirò dicendo:

"E pensare che ti ero così vicino, e se non fosse stato per questi tragici incidenti non avrei mai saputo che eri tu!

"Un po' di questo penso, ragazza. Forse è tutto perché quella notte non eri in grado di raccontarmi la tua storia. Se fosse stato fatto in quel momento, la situazione sarebbe ormai chiara.

«Ora cosa facciamo, zio Klossen?

"Dovremo studiarlo. Non sono io quello che perdona facilmente, e anche quel tale Grant ha qualcosa da ripagare.

"Per l'amor di Dio, non esporti più! Abbiamo corso abbastanza pericoli.

"E possiamo ancora gestirli. Grant è un rettile troppo velenoso per rassegnarsi ad avvelenarsi solo mordendosi la coda.

In modo meccanico si sporse dalla finestra. Nessuno dei due sembrava essersi reso conto che era passato molto tempo dall'alba e che il sole stava già inondando di luce dorata le case del paese.

Poi improvvisamente si voltò facendo una domanda specifica:

"E quel ragazzo, Khaterine?

Non sapendo cosa rispondere, evitò la domanda in modo schietto:

"Di chi stai parlando, amico?

«Non essere nuova, nipote. Voglio dire Tyson. Sei molto interessato a lui da quando lo hai incontrato.

Arrossì quando rispose:

“Mi interessavano anche i suoi compagni di squadra. Non sono ingrato, e non posso dimenticare che oltre a te, eri l'unico che si interessava a me e si schierava dalla mia parte in un momento in cui affrontare Grant era in grave pericolo. Sai come sei stato esposto a spararti a morte per essere venuto in mia difesa.

“Sì, e da allora ha vegliato su di te e tu... hai continuato a interessarti a lui. La scorsa notte hai rischiato di subire lo stesso destino che ha minacciato lui di salvargli la vita.

“Era dell'umanità.

“Non giriamo intorno al cespuglio, ragazza. Mi interessa sapere che tipo di sentimenti ti inclinano verso di lui...

"Ma uomo...

“Guarda, Khaterine, ho già perso l'orgoglio della mia giovinezza quando, poiché avevo soldi, credevo che la felicità risiedesse nel trovare qualcuno che fosse al nostro livello finanziario. La vita mi ha insegnato molto e ho imparato che la felicità sta nei sentimenti e nelle condizioni delle persone e non nei loro soldi. Ho avuto l'opportunità di studiare quel ragazzo e l'ho giudicato un bravo ragazzo, un po' sbagliato a ficcare il naso in questo ambiente, ma lo giudico abbastanza uomo da acclimatarsi a lui se le circostanze lo richiedono.

"Cosa significa?

"Non fraintendere. Non voglio dire che diventi un furfante come tanti altri Non lo porta nella massa del suo sangue, a parte il fatto che ha avuto la fortuna di cadere nelle mani di due uomini perbene che sapranno metterlo sulla retta via. Il fatto che quella coppia gli abbia dato la belligeranza già suppone qualcosa ed è corroborato dal fatto che si sentiva abbastanza uomo da raggiungerli ed esporre la sua pelle guidando il carro con l'argento .

“Ti capisco, amico, ma... non mi piace. Il mio desiderio è lasciarti e vivere in climi più miti e più umani.

“E lui è lo stesso, anche se siamo tutti figli delle circostanze. Quello che voglio sapere è se pensi che il tuo interesse per lui possa avere una radice più profonda.

"Amico, non so se lui...

«Penso di sapere che lui... Comunque, non c'è bisogno che tu dica altro. Penso che non fareste una brutta coppia e che tirati fuori da questo inferno potete essere felici perché siete molto simili. Me ne occuperò io.

"No, per l'amor di Dio, amico, non andare a dirgli che io...

“Non ho niente da dire perché sarà lui a dirlo a tempo debito. Aspetta e l'occasione verrà da sé. L'uomo che prova amore per una donna non sa come nasconderlo, qualunque cosa accada.

Camminando, era tornato alla finestra. Sfogliandolo esclamò:

"Ed eccoli qui. Non sono stati negligenti nel rispondere alla chiamata.

Khaterine si alzò in fretta, ma il giocatore indicò:

"Non muoverti. Tutto ciò di cui possiamo parlare qui sarà molto interessante per tutti e questo non è il momento migliore per parlare dei tuoi problemi.

Lasciò la camera da letto e uscì per incontrare il trio. Questo, molto incuriosito e inquieto, andò alla chiamata. Dopo la prima visita del giocatore per avvertirli del pericolo che li minacciava, era logico supporre che questo appuntamento fosse legato a qualcosa di simile. Caleb parlò dicendo:

"Buongiorno, signor Lamore. Ci hanno avvisato proprio ieri sera e ci siamo precipitati a venire. Quale nuovo terremoto è in vista?

Entrare prego. Quello che c'è è molto interessante. Li fece entrare in camera da letto. Quando Tyson ha scoperto la giovane donna, ha esclamato sorpreso:

"Signorina Betty! Cosa succede che sei qui? Quell'avvoltoio...?

"Calmati, fa' un favore", disse il giocatore, "e sistemati meglio che puoi. Ho delle cose molto interessanti da comunicarti e mi piace trattare con uomini che sanno controllare i propri nervi.

"I nostri sono perfettamente calmi", affermò Corny con nonchalance. Quanto a Tyson, è ancora poco esperto e dobbiamo perdonarlo, ma sembra ambientarsi bene e con il tempo avrà imparato a dominarli; può parlare con sicurezza.

"Beh, comincerò dandovi una notizia sensazionale che nessuno di voi aspetterà. Questa ragazza che avete conosciuto finora con il nome di Betty, "la bionda" si chiama davvero Khaterine Keller ed è mia nipote, figlia del mio defunto fratello John.

I tre si guardarono stupiti, finché Tyson, confuso, osò dire:

"Come? Sua nipote? E tu hai fatto finta di non conoscerla...

"Ero completamente all'oscuro di lei. Non avevo sentito una sua parola dall'ultima volta che l'avevo vista quando aveva solo nove anni, e stasera non si è verificato un tragico incidente che le è quasi costato la vita, non l'avrei saputo. Qui si rifugiò fuggendo la morte e mi raccontò la sua storia. Il caso ha compiuto il miracolo di metterci faccia a faccia e di chiarire il mistero della nostra vita. È una storia molto lunga ea volte quasi implausibile, ma il destino ha le sue stranezze e noi siamo stati i suoi giocattoli. Per miracolo tutto si è chiarito e d'ora in poi le cose cambieranno radicalmente.

"Capito," disse Caleb. L'hai tolto dalla bisca e ora...

"No, non era quello. È conveniente fare le cose attraverso i loro passi contati in modo che si rendano conto di tutto. Quando ho lasciato loro il messaggio la scorsa notte, non solo non sapevo chi fosse veramente Betty, ma non sapevo nemmeno dove potesse nascondersi dall'ira di Grant. Ci sono andato perché credevo di essere venuto a cercarti in cerca di protezione e quando non l'ho trovata ti ho convocato perché, va bene, la cercassimo. Quando sono arrivato qui l'ho trovata al riparo nella mia camera da letto ed è stato quando mi ha raccontato la sua storia che ha chiarito tutto.

Tyson, rigido nel sentire il giocatore, gridò:

"Che ne dici, che Grant ci abbia riprovato...? Per le corna del diavolo giuro che schiaccerò quella vipera. L'ho promesso e ora più che mai...

"Non essere così veemente, ragazzo," lo interruppe Caleb. Te l'avevo già detto...

"Al diavolo quello che mi hai detto. Ho diritto quanto chiunque altro a mandare Grant all'inferno.

"Sì, ma meno possibilità di altri. La segua, signor Lamore, e ci racconti tutto.

Ha dato loro un resoconto dettagliato di ciò che era accaduto durante la notte movimentata.

Quando ebbe finito, Caleb, teso, rispose:

"Non avremo mai abbastanza frasi per ammirare il coraggio di tua nipote e per ringraziarla di tutto ciò che ha esposto per evitare questi tradimenti. Quanto a te, ti ringraziamo per il tuo prezioso intervento nel sopprimere quel sicario Grant perché... forse non aspettandosi l'attacco in quel modo, forse Skene avrebbe ottenuto qualcosa di ciò che si era prefissato di fare. Vi ringraziamo di tutto e... se c'è qualcosa che possiamo ricambiare, siamo a vostra disposizione.

"Grazie. Per fortuna tutto è passato e ora non resta che prendere una decisione. Né io né mia nipote abbiamo niente da fare in casa e il mio unico interesse è portare Khaterine fuori di qui e metterla al riparo dalla possibile vendetta di Grant.

"Grant non potrà più tentare nulla contro di lei perché liquideremo questa faccenda non appena usciremo da qui. Era così codardo che siamo andati a cercarlo nella sua tana e si è nascosto come una talpa inutile per affrontarci. Ora, dopo questo nuovo tentativo di eliminarci, non gli permetteremo di prepararne uno nuovo.

"No mio Dio! "Disse la giovane donna." Non esporsi più per me.

"Non è per te, e nemmeno per noi in ambito privato, ma per comodità generale. Sai che abbiamo ricevuto l'incarico da alcuni minatori di formare un corpo di vigilanti per sorvegliare le miniere e proteggere le spedizioni d'argento a Tucson. Se lo lasciassimo in vita, sarebbe il capo visibile di nuovi assalti che costerebbero molte vite e non siamo disposti a esporre noi stessi e gli altri stupidamente. Sta per iniziare una pulizia degli oggetti pericolosi e noi inizieremo con Grant.

"Già! Allora... organizzerai quel corpo di vigilanti.

"Sì. Serve qualcosa di solido per difendere la nostra esistenza e ci pagheranno bene. Avremo un buon stipendio garantito e non passeremo più difficoltà. Finora siamo in sei, contando Tyson che promette di essere un buon elemento una volta che avrà preso un po' di freddo, ma spero di reclutare quattordici o sedici uomini determinati per formare il plotone e poi... più di uno comincerà a capire che il tempo a ovest di Tombstone non è così salutare come avevano pensato arrivando Qui.

Il giocatore guardò attentamente Tyson e commentò:

"Quindi qui il giovane Tyson è determinato a rimanere e a far parte dei vigilanti. Ho capito che il suo desiderio era di abbandonare questo e stabilirsi in luoghi più sedativi...

"Ed è", rispose il ragazzo "; Ma posso farlo senza un centesimo? Aspetterò, risparmierò fino all'ultimo dollaro che guadagnerò e quando avrò abbastanza, me ne andrò da qui e cercherò di trovare altri mezzi di vita Se le cose andassero molto bene e io risparmiassi per comprare un po' di terra e una capanna, diventerei un agricoltore.

"Mi suona bene, ragazzo. Ad ogni modo, al momento non è un argomento da discutere. Volevo solo spiegare lo scopo della chiamata ed è già spiegato. Ora, hai stabilito la tua linea di condotta e non cercherò di cambiarla per un capriccio.

"E tu? "Ha chiesto Tyson con paura," cosa hai intenzione di fare?

"Beh... ci devo pensare, ragazzo," disse il giocatore. "Sto cercando una certa persona dalla quale ho avuto notizie da mia nipote e vorrei sapere qualcosa di concreto su di lei per decidere il futuro. È una missione sacra che ho rimandato molti anni per mancanza di indizi e ora ... non lo so. Finché non è deciso, i miei progetti mancano di coerenza. Finora qui stiamo bene e di più se Grant scompare come una minaccia. Comunque, ne parleremo.

Caleb, che aveva capito qualcosa di ciò che tormentava il giocatore, chiese:

"Possiamo esserti utili riguardo a questa faccenda?

Chi può indovinare? Forse sì, se mai sentirai parlare di un tizio di nome Rich Mac Kinney. Se avessero sentito parlare di lui, il beneficio più grande che potevano farmi era indicare dove potevo scambiare un saluto con quel ragazzo.

"Capito. Se mai incontreremo un tale gentiluomo, terremo conto del suo desiderio e se a causa di circostanze speciali non sarai a portata di mano, allora ... ti prometto che ti saluteremo a suo nome.

"Grazie, ma la mia soddisfazione sarebbe salutarti di persona.

"Se possibile, sarà preso in considerazione.

Si stavano preparando per uscire di casa, quando. Lamore, sporgendosi dalla finestra, indietreggiò da lei, chiedendo:

"Hai portato per caso una scorta?

"Guardiano tiratore? Siamo abituati a darlo e non a riceverlo. Perché me lo chiedi?

"Perché se non sbaglio ci sono quattro ragazzi strategicamente sparsi su entrambi i lati della strada. Ne abbiamo uno davanti all'ombra del sarto, un altro nell'angolo in alto e un altro nell'angolo in basso, e ce n'è uno che sembra crogiolarsi al sole tra alcune botti alla porta della taverna quaggiù. Un quartetto perfettamente distribuito con un solo difetto. Essere conosciuti come clienti abituali del "Tombstone Bar" e amici del nostro migliore amico Grant.

"Perfettamente," disse Caleb, alzandosi pigramente. Indubbiamente l'amico Phelps non ha voluto perdere tempo ad indovinare cosa sta arrivando e ha organizzato le sue batterie per prendere iniziative. Lo festeggio, perché oggi abbiamo avuto un pessimo appetito e forse un po' di esercizio ci aiuterà a fare colazione con entusiasmo. Andiamo, Corny?

"Vai. Pensavo che stessi perdendo troppo tempo a chiacchierare.

Tyson non disse nulla, ma strinse i denti ed estrasse ferocemente il revolver.

Khaterine, spaventata, cercò di trattenerli:

"No, per favore non uscire! Sono tanti e appena mettono la testa...

Il giocatore prese il suo bastone, dicendo:

"Ecco, Caleb, è un gadget molto utile saperlo usare...

"Stavo per chiedergli qualcosa di simile", disse il cowboy. Quando le persone sono nervose, di solito mordono come un passero. Grazie.

"Non ti accompagno adesso" ha aggiunto Lamore "perché credo che da questa finestra posso essere parte del concerto. Sarà un bel divertimento a cui non ho preso parte molto tempo fa.

Non disse altro, ma i due cowboy gli sorrisero espressivamente, capendo cosa avesse voluto dire.

Spinta via la ragazza, che stava cercando di obiettare, scesero al pianterreno e Caleb, togliendosi il cappello, lo appese all'estremità del bastone, lo prese con la mano sinistra e, tirata la porta, lo infilò sopra il bordo senza rimuovere il suo corpo.

Due colpi vibrarono quasi all'unisono e il cappello ricevette i due colpi alla corona, ma subito due nuove esplosioni tuonarono sopra di loro e due urla di morte furono come l'eco delle esplosioni.

Dall'ombra del confine e dai barili sovraffollati avevano sparato al cappello, ingannati dal suo aspetto. Credevano che qualcuno avesse prudentemente fatto capolino per esplorare la strada.

E gli altri due si erano precipitati fuori dalla finestra della camera da letto del giocatore in cerca dell'imboscata. Lamore si dimostrò un tiratore formidabile, perché i due indesiderabili erano stati colpiti in pieno e rotolati nella polvere sulla strada come due smidollati.

Lo sconcerto degli altri due a guardia degli angoli era terribile. Non erano riusciti a vedere comparire nessuno e, tuttavia, i loro due compagni erano caduti come colpiti da un fulmine e senza sapere quale decisione prendere, erano seminascosti in un angolo chiedendosi spaventati cosa avrebbero dovuto fare in un momento così tragico .

Lamore aguzzò la mira e sparò su uno. Il proiettile è rimbalzato dietro l'angolo e l'uomo armato si è nascosto dietro di esso mentre i tre amici sono saltati in strada, revolver in mano, alla ricerca dei loro codardi aggressori.

Uno sparò in modo impreciso e scomparve, inseguito da Caleb, mentre Corny e Tyson corsero dietro all'altro che stava già fuggendo a tutta velocità lungo il vicolo.

Caleb, più veloce, vinse l'angolo e scoprì il suo nemico che galoppava come un coniglio spaventato. Si fermò, prese la mira e premette il grilletto. L'aggressore, fermato a metà corsa dal preciso proiettile, si è girato in modo spettacolare ed è andato a tuffare la faccia nella polvere del vicolo, dove è rimasto schiacciato senza muoversi.

Caleb fece un passo indietro per raggiungere i suoi compagni che stavano cercando di raggiungere l'altro fuggitivo senza successo, e quando sussultò, si unì a loro, l'uomo armato era scomparso, nessuno sapeva dove.

Caleb, in una furia terribile, ordinò:

"Andate avanti, ragazzi. Per finire questa faccenda.

Non ebbe bisogno di aggiungere altro e il trio si diresse in direzione del giunto.

Quando sono arrivati era chiuso. L'orario di apertura era mezzogiorno, ma questo non scoraggiò i due tosti cowboy.

Grant doveva essere stato rinchiuso dentro ad aspettare l'esito della sua nuova imboscata, e dovevano finirlo a ogni costo.

Caleb, che era il più pesante e robusto, guardò la porta, valutandone la forza con uno sguardo, e comandò:

"Attenzione, sto per demolirlo.

Si staccò, prese slancio e come un terribile ariete le cadde addosso con la spalla destra.

La porta cigolò quando si scheggiò e le sue due ante si aprirono. Caleb stava per entrare nel gap a causa del terribile slancio preso.

Come un'espirazione, i tre entrarono nel vuoto locale, correndo verso il fondo come daini. Volevano sorprendere il traditore prima che si rendesse conto dell'audacia dei suoi nemici.

La sua azione fu così rapida che Grant, che si trovava nelle stanze superiori della bisca, quando volle accorgersi del colpo audace dei suoi temibili nemici e prendere la rivoltella per tagliarli fuori, già i tre avevano guadagnato il corridoio e raggiunto la stretta scala che porta in cima.

Caleb, abile in tutti i trucchi, aveva sollevato un pesante sgabello mentre avanzava e, afferrandolo con la mano sinistra, lo aveva posizionato in modo che servisse da scudo, ponendolo davanti a sé. Stava conducendo il branco, salendo i gradini quattro alla volta.

Un Grant sorpreso, lasciò la camera da letto e, sentendo il suono dei passi rumorosi del trio, si precipitò in avanti verso la tromba delle scale. L'inganno di Caleb lo ha salvato dal prendere il comando a testa alta, poiché i primi due proiettili che Grant ha sparato crudelmente hanno scavato nel pesante sedile senza colpirlo.

Ma la risposta del cowboy fu mortale. Con la mano destra svuotò rapidamente l'intero contenuto del suo puledro.

Phelps, colpito al petto dallo spruzzo di piombo, si sporse in avanti con un gemito agonizzante e rotolò giù per i gradini finché non atterrò tra i piedi del cowboy dove fu fermato. Caleb, per ogni evenienza, attivò il braccio armato del pesante congegno e lo lasciò cadere con forza terribile sulla testa del suo nemico.

Ma questo eccesso di sicurezza non era più necessario. Grant era stato colpito a morte e non avevano nulla da temere da lui.

Il cowboy indietreggiò dicendo:

"Va bene, ragazzi, affari finiti. Penso che sia stato più facile di quanto chiunque immaginasse. Fa schifo dover combattere nemici così minori.

"Certo, perché hai tradito," rise Corny. Perché non l'hai avvertito che lo sgabello non era esattamente la tua testa dura? Naturalmente, se i proiettili l'avessero colpita, neanche lei avrebbe ottenuto nulla.

«Come se ti avessero colpito sulla lingua.

Un rumore di passi dietro di loro li costrinse a voltarsi rapidamente con la rivoltella di guardia, ma la voce familiare di Lamore, avvertì:

"Attenzione, non sono entrato nel raid.

"Ah! Sei in ritardo, signor Lamore.

"Immagino. Siete dei ragazzi che non lasciano nemmeno le briciole agli altri Non pensavo fosse così facile per loro finire la faccenda.

"L'imprevisto e ciò che sembra più difficile è ciò che di solito si risolve prima e meglio con audacia e determinazione. Grant non ha mai sospettato che fossimo capaci di fare questo trucco e... ecco perché l'ha perso.

Il giocatore fissò il cadavere e poi chiese:

"E adesso quello?

«Sto pensando a una cosa, signor Lamore.

Chiamami Klossen.

"Non importa. Per me sarai il signor Lamore. Quello che sto pensando è che ci occuperemo di questa tana per diritto di conquista. Abbiamo esposto la pelle per sbarazzarci di questo rospo e questo viene a un prezzo.

"Hai intenzione di seguire le sue tracce?

"Niente di tutto ciò. In guerra il bottino appartiene al vincitore e qui molto di più. Questo appartiene a noi cinque e lo terremo. Poi lo assegneremo a chi paga meglio e distribuiremo la somma a titolo di risarcimento danni.Se non lo facciamo, ce ne appropriamo chi non ha esibito nulla e non sono soddisfatto di tale incarico.

«Be', qui gli scrupoli sono inutili. Cos'altro?

"Beh, ho pensato che, per ora, mentre l'incarico viene risolto, te ne farai carico. La sua persona è una garanzia che nessuno osa contestarlo e mentre noi faremo una visita a Tombstone, dove oggi sono in attesa che discutiamo della faccenda delle miniere, torneremo al più presto e poi concorderemo più dettagliatamente il da farsi.

"Bene, mi occupo io del custode dei locali. Siete i suoi proprietari finché nessuno osa sfidare l'eredità e io vi aspetterò. Quando torneranno, prenderemo sul serio la questione.

"D'accordo. Siamo terribilmente affamati e non possiamo perdere un minuto. Abbi cura di ripulire un po' questo in modo che l'aria non venga avvelenata e prendi il controllo del giunto per farlo funzionare e non perdere credito. Ora che c'è nessun pericolo, puoi portare qui tua nipote, che sarà sistemata meglio e parleremo al ritorno.

E lasciando al giocatore l'incarico di occuparsene, tornarono alla locanda per fare colazione in silenzio.

CAPITOLO XI
UN PISTOLERO IN TOMBSTONE

Quella notte la sala giochi del Tucson Salon era gremita di pubblico. Tombstone, di notte, diventava un formicaio umano che sembrava troppo piccolo per ospitare tante persone quante ne sciamavano e ogni posto buono o cattivo era angusto per accogliere tanti clienti quanti ne venivano.

Ai tavoli hanno giocato duro. I minatori, molti dei quali, arrivarono dominati da una sete di denaro che nulla sembrava soddisfare ed esponevano stupidamente i guadagni di tante ore di duro lavoro. Alcuni avevano persino le vene già ipotecate e i loro proprietari speravano solo di rimanere impigliati nelle loro reti per rilevare i depositi e lasciarli trasformati in mendicanti truffati.

Al tavolo della roulette, i punti sono stati raggruppati insieme desiderosi di tentare la fortuna. I mattinieri erano riusciti ad occupare comodamente i sedili attorno al tappeto verde, ma i ritardatari si sono dovuti accontentare di stare in piedi, sudati, facendo le loro posture in modo improbabile, visto che non avevano più spazio per infilare le braccia e mettere i soldi in i tavoli sul tavolo.

Il mazziere, assistito da due individui che a quanto pare si accontentavano di guardare, sebbene la sua missione fosse quella di evitare un assalto al tavolo, maneggiava la racchetta con incredibile abilità. Aveva una vista formidabile per coprire tutte le posizioni, non importa quanto grandi, allo stesso tempo e non aveva bisogno di mettere da parte i soldi con la racchetta per conoscere esattamente gli importi delle posizioni vincenti.

Per questo motivo, con un movimento della mano molto veloce e agile, spazzava verso di sé quasi una volta tutto ciò che apparteneva alla casa dopo che era stato stabilito il numero vincente, lasciando solo le posizioni corrette e su un altro colpo distribuiva quantità quando spingendo la racchetta magica fino a quando non ha saldato i profitti.

Solo per vederlo esibirsi nel suo difficile e rischioso lavoro, è valsa la pena passare un po' di tempo al tavolo in seguito agli incidenti di gioco. Per il resto, il quadro era il multiforme di tutte le sale da gioco; volti duri, occhi lucidi, mani che tremavano quando muovevano le loro vincite o raccontavano le loro perdite, risate e imprecazioni, imprecazioni e grugniti, tutta la gamma sapeva già che nessuno era impressionato dal volgare.

A volte qualcuno, disperato, si alzava dal sedile, minacciando e rovesciando le panchine. Prima che potesse commettere un eccesso nella sua reazione, due braccia di ferro lo avevano afferrato, due canne di rivoltella erano appoggiate ai suoi fianchi e, come un bambino senza volontà, fu trascinato sulla strada.

Per altri, non si poteva evitare che la reazione fosse più brutale e rapida, o che si verificasse uno scontro esplosivo. Il personale della timba è intervenuto con la massima velocità ed energia ed ha evitato ciò che poteva essere evitato, anche se a volte il fine era rimuovere un cadavere con il petto trasformato in un setaccio.

Ma questo difficilmente produsse la momentanea interruzione del gioco. Morto e killer furono rapidamente portati fuori dalla stanza e subito la voce fredda e incolore del mazziere che gridava: "Giocate, signori", vibrò di nuovo e le mani si stesero avidamente sul tavolo come se nulla fosse.

Era passata la mezzanotte, quando un ragazzo davvero sorprendente è entrato nel locale. Un uomo che ormai doveva avere poco più di cinquant'anni; aveva una confezione che attirava l'attenzione.

Era di bell'aspetto, forse troppo alto, non grassoccio, ma stretto di carne, e si muoveva con una disinvoltura ed eleganza che denunciavano l'uomo che, prima di sprofondare nel pozzo del vizio, avrebbe dovuto avere una posizione più prominente e un'educazione questo avrebbe dovuto permettergli di alternarsi dove puoi imparare certe maniere che nessuno è in grado di improvvisare.

Il suo viso era attraente, di carnagione scura, con grandi occhi grigi, un naso perfetto e baffi con delle ciocche argentate molto curate che rendevano la sua figura più attraente.

Era vestito elegantemente con un'ampia giacca marrone, un gilet marrone a doppio petto, pantaloni di pelle scamosciata grigi racchiusi in lunghi leggings e una camicia bianca dal colletto morbido con una sciarpa a forma di farfalla. Il suo cappello era del colore di una giacca, morbido e rotondo, e la cintura era cinta intorno ai fianchi con un puledro calibro 45 nero e manici lucidi.

Si muoveva con arroganza e lo sguardo indagatore nei suoi occhi era come quello dell'aquila capace di abbracciare tutto ciò che lo circondava con un solo sguardo.

Lasciandosi alle spalle la porta girevole, si fermò un attimo con la mano appoggiata sul fianco accanto alla rivoltella e lo sguardo fisso davanti a sé, cercando il posto. Alcuni clienti abituali lo guardarono incuriositi per un momento, poi lo ignorarono. Nessuno lo conosceva, ma dal suo aspetto, dalla sua aria impertinente e dal suo portamento, denunciava che era lì come un pesce nell'acqua.

Quando ebbe attraversato la stanza senza apparentemente trovare nessuno che gli interessasse, avanzò verso il bancone, tirò fuori un dollaro d'argento, lo lanciò in aria con il pollice, costringendolo a girare in aria, e la moneta atterrò su esso. la latta sul bancone.

"Whisky! Chiese con voce profonda ed energica.

Gli servirono un bicchiere grande di quello buono e lui lo sorseggiò prima di berlo. Doveva essere andato bene con lui, perché poi lo tracannò in un sorso senza battere ciglio.

Staccandosi dal bancone, attraversò la stanza ed entrò nella sala giochi piena di punti. Requisiva di nuovo il personale e poi girava con calma intorno ai tavoli, imparando i tipi di giochi che funzionavano e studiando le facce dei punti e dei mazzieri, come se quel dettaglio fosse per lui di grande importanza.

Alla fine si fermò al tavolo della roulette e si guardò intorno. C'era una tripla fila di punti che formava una barriera e sebbene a causa della sua altezza potesse vedere il tavolo, non riusciva a trovare un buco attraverso il quale filtrare fino alla prima fila.

Davanti a lui, seduto accanto alla stuoia, spiccava un minatore che doveva aver bevuto troppo. Tra l'alcool, il fumo fluttuante e il caldo che vi regnava, la sua testa era diventata più che prudente e suonava in maniera pazzesca, facendo varie posizioni e volume.

Rideva, gridava, commentava le commedie e anche la fortuna sembrava divertirsi con lui, poiché a volte il racket spazzava tutto quello che aveva messo nelle piazze e altre volte gli spingeva addosso tanti soldi.

Il nuovo arrivato notò il minatore vertiginoso e, dopo un momento di contemplazione, infilò i suoi gomiti duri tra due nella linea e li spinse di lato, spingendo attraverso. Alcuni si arrabbiarono per respingere la spinta, ma lo sguardo minaccioso dell'intruso e la sua umanità sembravano inibirlo.

E così riuscì a schierarsi con il minatore disposto a prendere parte al gioco.

Tirò fuori una manciata di banconote e ne distribuì a sua volta alcune, trasmesse per numeri, una sessione plenaria, due quadri, diversi cavalli. Qualcosa che solo con una buona memoria potrebbe essere ricordato con precisione.

Ha vinto un dipinto e un cavallo. Si rivestì di nuovi vestiti e così giocò per un po', senza che il suo flusso fosse molto alterato negli azzardi della palla d'avorio.

Fino a quando non si è verificato un gioco clamoroso. Aveva messo cinque dollari su diciassette, mentre il minatore, che stava giocando all'impazzata, piazzava tre fiche da venti dollari su sedici.

La palla è rotolata. Nessuno aveva apprezzato il gioco del suo compagno guardando solo ciò che la fortuna aveva in serbo per lui, e tutti seguivano avidamente i salti della palla d'avorio mentre la ciotola rallentava.

La voce incolore del mazziere cantava:

"Sedici, incarnati, vinci.

Con un movimento energico e sicuro, raccolse la posta fuori dal numero, lasciando solo quattro piccoli mucchietti intorno ai sedici. La sessione plenaria, due quadri e un cavallo.

E quando con la racchetta spinse la grossa pila di fiches corrispondente alla sessione plenaria, il minatore allungò il braccio, ma il braccio dello sconosciuto lo afferrò saldamente, avvertendo:

"Aspetta un attimo, amico; niente di sbagliato. Metti i tuoi soldi a diciassette anni e quel plenum è mio.

Il minatore si mosse di rabbia, gridando:

"Che ne dici, rospo dell'inferno? So cosa ho messo e dove l'ho messo. Nessuno ha rischiato una sessione plenaria tanto quanto me e questi soldi sono miei.

Cercò di riprenderlo, ma questa volta l'intruso, con uno strattone feroce, lo strappò dal sedile in fondo, facendolo cadere come un fagotto sulla doppia fila di punte e curiosi che formavano una barriera alle sue spalle.

Il malconcio cercatore cercò di raggiungere il revolver da terra, ma il suo avversario, senza alzarsi dal tavolo, mosse rapidamente il piede e con il robusto tacco dello stivale schiacciò ferocemente la mano del minatore.

La separò urlando e un nuovo tacco alto applicato sulla bocca fece tacere le maledizioni, trasformandole in un doloroso gemito di angoscia.

C'è stato un trambusto. Le due guardie che si occupavano del tavolo sono venute ad intervenire e una ha cercato di afferrare il braccio della persona che aveva provocato l'incidente per farlo uscire di lì, ma uno schiaffo energico lo ha costretto a ritirare la mano per portarla all'altezza della vita.

La mossa era in ritardo. L'intruso, presentando l'occhio nero del suo puledro, gridò:

"Chiunque fa il minimo movimento gli sparo. Questo argomento è in discussione tra quel rospo ubriaco e me. non ho bevuto e so cosa sto facendo; Ora, se c'è qualcuno che deve dichiarare qualcosa a favore del mio avversario, che parli.

Qualcuno stava per dire che questo si chiamava nel gergo del gioco "resuscitare un morto", perché aveva visto il minatore fare la sua deposizione, ma indovinò cosa aspettarsi con quell'affermazione e si morse il labbro.

Lo straniero, trionfante, esclamò:

"Lo vedono? Nessuno si schiera in loro favore, spero che di ciò che è mio non si parli con me.

Aveva raccolto tutti i soldi mettendoselo in tasca, mentre la sua vittima, rotolandosi a terra, sputava sangue dalle labbra frantumate.

La tensione era drammatica. Lo sconosciuto, con la rivoltella in mano, non perse di vista le due guardie e queste, tese, sembravano aspettare un momento propizio per estrarre l'arma.

In quel momento, il proprietario della bisca, un tipo tosto come la pietra focaia, avanzò, muovendo a ritmo le lembi del suo ampio abito e avvicinandosi alla persona che aveva provocato l'incidente, senza mostrare alcun timore per l'arma che impugnava, esclamò :

"Hai già raccolto quello che dici tuo?

"Quello che è mio; non parlare con quel meccanico.

"Non lo so e mi limito a chiedere se lo ha raccolto.

"Sì, l'ho raccolto.

"Allora ti prego di ritirarti con le tue vincite. Ne ha abbastanza per stasera.

"Cosa significa?

"Come proprietario di questo stabilimento, ti invito a lasciarlo. Spero che tu capisca perché.

"Non devo capire niente. Questo è un locale pubblico e...

"Un momento. Ho una dozzina di validi motivi per pregarti semplicemente di andartene. Se vuoi conoscerli, guardali.

E con la testa fece un gesto indicandogli la schiena.

L'ignoto vanitoso individuò un gruppo di ragazzi dalla faccia cattiva che tenevano negligentemente le mani sui fianchi e capì cosa significasse.

Ridendo cinicamente, ha commentato:

"Quando vengono addotte ragioni come queste, non c'è modo di confutarle Penso che dovrei andare in pensione.

"Sono contento che tu l'abbia capito in questo modo.

L'intruso ha scambiato i suoi gettoni con denaro e il proprietario ha indicato la porta aggiungendo:

"Sarà un piacere per me accompagnarvi fino alla partenza.

E con calma, con un gesto elegante come fosse un ricevimento aristocratico, lo precedette alla porta. Quando la raggiunse, si mise da parte per consentirle un passaggio franco, dicendo:

«Suppongo che tu abbia dato un'occhiata al nome di questa struttura. Si chiama "Salone di Tucson". Te lo ricordo così che quando ci passi davanti dimentichi che esiste e cerchi un altro posto più adatto a te.

"Sono tutti così simili che... non sono responsabile di ricordare la tua raccomandazione", disse freddamente lo sconosciuto. Comunque apprezzo l'indicazione.

"Prego signore. Buoni consigli e poche centinaia di dollari, d'altra parte valgono un po' di lavoro di memoria. Ne conoscevo uno che una volta per poco non cadde in un profondo fosso. Si salvò e giorni dopo la sua cattiva memoria lo fece dimenticare che il fossato era ancora lì.

"E quello?

"Che si è ucciso cadendoci dentro.

«Be', grazie mille per la piacevole chiacchierata, signore. Mi è piaciuto così tanto che posso dirti solo una cosa: ci vediamo domani sera.

"Ci vediamo domani allora.

E l'intruso, eretto e teso, lasciò il giunto e si perse nell'ombra della strada.

* * *

Caleb, Corny e Tyson avevano scambiato impressioni con il direttore della miniera "La Esperanza" in merito all'idea avanzata di formare un corpo di vigilanti per proteggere l'argento immagazzinato e con esso le tanto necessarie spedizioni a Tucson per collocare loro. al sicuro nella cassetta della banca.

I più importanti operatori dei depositi avevano dato il loro assenso. Per loro costava meno pagare qualche buon salario che rischiare di perdere il prodotto di tante fatiche e i due cowboy aspettavano solo la risposta finale per unire i lavori sporchi che avevano fatto e completare il numero di uomini che dovevano recuperare il plotone.

Dopo un'intervista e la cena, si diressero lungo la strada principale in un bar chiamato "El Infierno". Il nome della struttura è stato scelto bene, sebbene lì si adattasse a qualsiasi vice locale in funzione.

In esso speravano di incontrare un individuo con cui Caleb aveva già parlato del caso. Era un vecchio amico del proprietario del posto e veniva ogni sera a passare del tempo lì.

L'individuo era appoggiato al bancone, sorseggiando un bicchiere di whisky. I tre amici gli si avvicinarono, ordinarono un bicchiere di rum e iniziarono una conversazione, anche se non legata alla questione delle mine, perché ritenevano molto pericoloso lanciare ai quattro venti l'avvio di un'idea che non aveva ancora cominciato ad essere una realtà .

Non appena furono serviti, lo stesso tipo vanaglorioso e aggressivo che aveva messo in scena quello spettacolo grintoso al Tucson Salon non molto tempo prima entrò nel locale. Si avvicinò con enfasi al bancone, ripeté la manovra di lanciare un dollaro in aria, girando in tondo in modo che cadesse sul bancone, e chiese:

"Whisky; dei migliori.

E si appoggiò al bancone, guardando con interesse la folla.

Caleb e Corny non potevano fare a meno di essere curiosi di esaminare da vicino il nuovo arrivato. Non l'avevano mai visto a Tombstone, anche se questo non diceva nulla, dato che gli avventurieri entravano a dozzine ogni giorno, ma il suo tipo era qualcosa di speciale. C'erano avventurieri di avventurieri, e questo portava nel portamento e nel gesto il sigillo di uomini duri e pericolosi.

Un nuovo cliente è entrato nei locali. Era un tipo volgare dei tanti che brulicavano lì e niente lo rendeva degno di distinguersi.

Andando al bar, si avvicinò a due clienti che stavano bevendo vicino alla fine del bancone e chiese:

Ehi, Sam, e tu, Raff, non hai visto per caso Skene? Ieri mi trovavo con lui al "Vanity" e non si è presentato e oggi nessuno lo ha visto da nessuna parte.

Fu allora che uno dei camerieri intervenne per dire:

«Era qui come prima cosa ieri sera e sono venuti a prenderlo da Fairbank.

Da Fairbank?

"Sì, gli stavano portando un avviso da parte di Phelps Grant, il proprietario del 'Tombstone Bar', di venire subito. È partito verso mezzanotte.

"Grazie. Aspetterò di vedere se torna oggi.

E separato dal bancone.

Caleb aveva colto il breve dialogo e aveva sorriso. Se questo ragazzo stava aspettando Skene, poteva già aspettarlo seduto per non stancarsi.

Ma lo strano nuovo cliente, facendo cenno al cameriere che aveva dato l'indicazione, esclamò:

"Domanda di un amico. Ho sentito parlare di un Phelps Grant di Fairbank, lo conosci?

"Sì, è stato qui un paio di volte e io sono stato nel suo locale due volte.

Dov'è Fairbank?

«Circa dodici miglia a ovest di qui.

"Conoscevo un ragazzo con quel nome. Un bravo ragazzo con cui ho avuto a che fare laggiù in... beh lassù e... se fosse lui, vorrei salutarlo a nome della nostra vecchia amicizia, potresti fornirmi i tuoi dati personali?

"Sì, certo. Avrà circa cinquantadue anni. È basso, molto bruno e abbastanza forte.

"Abbastanza brutto?

"Penso che abbastanza non sia abbastanza.

"Naso butterato e naso di maiale?

"Lo stesso.

"Grazie. Adesso sono sicuro che è il mio vecchio amico e per niente al mondo rinuncerei a dargli un caloroso abbraccio. So che sarà molto felice di vedermi e io sarò molto più felice di vederlo. Dici a dodici miglia di distanza. Beh, quando sarà, non sarei in tempo. Lo terrò per domani.

Gli lanciò un dollaro di mancia e con quell'aria di perdono che possedeva, uscì sulla strada.

Caleb, che non aveva perso una sola sillaba della conversazione, si rivolse ai suoi compagni dicendo:

Forza ragazzi, a cavallo. Siamo tornati a Fairbank.

"Perché vai di fretta? Sono le due passate del mattino. Potremmo aspettare...

"Potremmo, ma non voglio; partire.

Lo seguirono incuriositi. Sulla strada, Caleb si rese conto di ciò che aveva sentito e commentò:

«Non so chi sia, ma non mi piaceva quell'interesse di andare a Fairbank e salutare Grant. Forse è qualcuno che aveva un conto in sospeso con lui e... quando non lo trovava lì, poteva credere che gli fosse stato negato e perdeva un po' le staffe. Adesso è nostro e se dobbiamo difenderlo a colpi lo difenderemo.

"Quello che vuoi, Caleb," disse Corny, sbadigliando. Per me è stato meglio andare a letto che galoppare, ma se la cosa è necessaria, dormiremo durante il giorno.

Montarono sui loro cavalli e nelle ombre azzurre della notte partirono per Fairbank, dove arrivarono all'alba.

Andarono direttamente alla locanda dove avrebbero riposato per qualche ora. A metà giornata, Caleb voleva incontrare Lamore per dargli un resoconto del motivo del suo ritorno ed essere preparato per quello che sarebbe potuto accadere.

CAPITOLO XII
L'INCONTRO FINALE

Dopo pranzo si diressero al comune. Questo aveva aperto le sue porte; Non c'erano segni della tragedia di ieri, e sebbene il motivo della morte di Grant e il sequestro dei locali fossero noti a tutti, nessuno sembrava interferire. Lamore aveva una reputazione piuttosto dura e i due cowboy lo aiutarono a mantenerla. Khaterine era stata trasferita in quelle che erano le stanze del morto. Lei aveva resistito, ma lo zio le aveva fatto capire che in nessun luogo sarebbe stata più al sicuro che lì, promettendo che ciò sarebbe stato circostanziale, perché non appena Caleb e i suoi amici fossero tornati, avrebbero sistemato la faccenda e avrebbero deciso quale sarebbe stato il suo futuro .

Quando il giocatore li vide entrare, chiese:

"Tutto bene amici?

"Tutto. La faccenda sta andando liscia, ma siamo venuti più in fretta di quanto pensassimo, perché ieri sera a Tombstone è successo qualcosa che ci preoccupa e abbiamo previsto quello che potrebbe accadere.

I cowboy hanno dato a Lamore un resoconto della conversazione scioccata in "Hell" e l'interesse dello strano personaggio nel vedere Grant.

Caleb ha commentato:

"O non conosco persone, o quel tipo sta cercando il rospo di Phelps per fare con lui quello che ci aspettavamo di fare.

"È possibile", disse il giocatore distrattamente. In Occidente ci sono molti di noi che si cercano l'un l'altro come tigri desiderose di distruggerci e Grant non sarebbe stato un'eccezione. Ha commesso molti misfatti e... ehi, aspetta! Quel ragazzo, non hai detto il suo nome?

"No, non l'ha fatto.

"Potresti descrivermelo? Ha chiesto avidamente.

"È facile. L'individuo ha qualcosa di inconfondibile nella sua persona che lo denuncia come un uomo di cura. È alto, forse troppo alto, abbastanza bello in viso. La sua carnagione è scura, i suoi occhi sono grandi e grigi. Sembra sulla cinquantina e veste con affettata eleganza.

"Non ricordi in lui nessun dettaglio particolare? Il giocatore ha chiesto con veemenza.

"Beh... non lo so... non ricordo... Aspetta, sì; mi sembra che ci sia qualcosa che non è molto importante. Sul lato sinistro della fronte c'è un piccolo verruca rossa.

Lamore, con uno scintillio speciale negli occhi, rispose:

"Grazie. Penso che ora posso dirti chi è e perché sta cercando Grant. Questo ha fatto una brutta mossa su di lui a Las Vegas. Una notte l'ha colpito con il revolver, lo ha lasciato mezzo svenuto e poi è scappato via. prendendo tutti i soldi che questo tizio teneva nella sua scatola.

"Sei sicuro?

"Molto sicuro. Di là, inoltre, ha portato via mia nipote, che aveva assunto e mezzo rapito perché non lo denunciasse per certi fatti. Quell'uomo è Rich Mac Kinney, vero nome Potter Perk ed è il furfante che mi ha rubato il sonno per molti anni.

Tutti e tre lo guardarono stupiti e Caleb, furioso, gridò:

Al diavolo l'inferno. E pensare che l'ho avuto a portata di mano della mia rivoltella e non l'ho portato da lui trasformato in un uomo rigido.

"Meglio così, Caleb, perché è un piacere che non do a nessuno. Ho detto loro che lo stavo cercando, anche se non ho spiegato perché. Ora ti racconterò tutta la storia in modo che tu capisca perché.

Il giocatore raccontò loro tutta l'odissea di sua nipote e la sua. Quando finì la storia, aggiunse:

"Ora capirai perché voglio essere io a vendicare di persona la morte del mio povero fratello e gli oltraggi che questo ragazzo ha fatto a mia cognata e a mia nipote.

"Lo vediamo," intervenne Corny, "ma... hai mai pensato che le cose non vanno sempre come vorresti?" Quell'uomo è apparso molto pericoloso.

«E lo è, ma non ne ho paura. Tutto quello che voglio è non ucciderlo prima di dirgli quanto ho da dire. La morte secca non è abbastanza per lui e ho bisogno di ricreare nel suo panico e gettare tutto il veleno che conservo nella mia anima in faccia.

"Beh, cercheremo di aiutarti. Un tipo così non merita di essere trattato decentemente. Quello che è certo è che stasera si presenterà e saremo tutti qui per dargli un'accoglienza dignitosa.

E questo concordato, partirono per tornare subito dopo il tramonto.

* * *

La notte è iniziata tranquilla. Il posto era molto affollato e nulla sembrava disturbare la calma che regnava al suo interno.

Khaterine rimase nascosta nelle stanze interne della bisca. Lamore, già in possesso di una calma glaciale che lo rendeva estremamente pericoloso, poiché sembrava che avesse perso i nervi nonostante il tragico momento che stava vivendo, attraversava con negligenza la stanza, mentre i due cowboy e Tyson, come tre clienti qualunque, erano si appoggiavano al bancone, facevano finta di bere e si accorgevano solo della porta girevole e di tutti quelli che entravano.

Finché, verso mezzanotte, Rich si è presentato al negozio.

In linea con la sua abitudine, ha dato un'occhiata acuta all'intero locale mentre entrava e, non riuscendo a individuare Grant, si è avvicinata al bar, ha lanciato la sua moneta danzando in aria e ha ordinato del whisky.

Lamore, con passo lento e calmo, avanzò verso di lui e Rich, servito, chiese:

"Potresti dirmi se c'è il proprietario?"

Lamore si avvicinò affermando:

"Io sono il proprietario, cosa voleva?

"Tu? Scusa, mi avevano assicurato che questo locale era di proprietà di un certo Grant Phelps e tu non sei come lui.

"In effetti io non gli assomiglio affatto e in questo momento non voglio nemmeno assomigliargli, perché il pover'uomo dev'essere più brutto di lui. L'abbiamo seppellito ieri.

«Cosa... l'hanno... seppellito ieri?

"Sì. Ha avuto la sfortuna di imbattersi in una mezza dozzina di once di piombo e... è morto di indigestione.

"Accidenti! Chi è stato?

"Che differenza fa? L'unico che potrebbe essere interessato era Grant e ha avuto appena il tempo di scoprirlo.

"Questa sarà la tua convinzione, ma non la mia. Grant era qualcosa che mi apparteneva e odio che la mia preda sia stata rubata.

"Se avessimo immaginato che fosse così interessato, avremmo potuto tenerlo per lui.

"Eri il suo socio in affari? Rich ha chiesto.

"No. Stava giocando qui davanti alla ruota della roulette.

"Quindi... hai affermato di essere il proprietario.

"Infatti. Il bottino è per i vincitori e poiché il povero Grant non aveva eredi diretti allora...

"Un momento. Questo va chiarito, perché ho un diritto indiscutibile, almeno su una parte di questa bisca.

"Davvero? Ti sarei grato se potessi dimostrarlo.

"Posso dirti una cosa. Grant mi ha rubato quindicimila dollari a Las Vegas. Era il mio compagno e dirigeva il gioco. Una notte, quando mi sono voltato, mi ha preso con sicurezza e mi ha sferrato un terribile colpo alla testa, facendomi perdere la testa e prendendo tutti i soldi che avevo. Il segnale è ancora qui, come puoi vedere.

E si è tolto il cappello mostrando la cicatrice.

"Molto interessante. Non ha rubato più dei soldi?

"Beh, ha preso qualcos'altro, ma è di natura particolare, perché me lo chiedeva?

"Perché qui è arrivato con una ragazza molto carina e... supponevo che forse... beh... anche la ragazza faceva parte del bottino.

"Come? Intendi Betty, "la bionda"?

"Beh sì, intendo lei.

"Oh! Dov'è la ragazza?

"Lì dentro. Ha subito un duro colpo con la morte del suo protettore ed ha il cuore spezzato.

"Così con il cuore spezzato, eh? Ascolta, ti faccio una proposta. Rinuncio a essere risarcito per i soldi che Grant mi ha rubato e trasferirò i locali a lui se mi darà Betty in cambio.

"Per me... ma se lei non vuole?

"Sono affari miei. Lo fai uscire e il resto lo aggiusto io.

"Non lo so, perché fino ad ora non ho commerciato con neri o donne, lo trovo un po' violento. Non prende il sopravvento? Posso chiamare la ragazza, farla uscire e se è contenta di andarsene qui in tua compagnia, beh... non ci saranno obiezioni alla sua partenza.

"È lo stesso," ruggì Rich. Ho un diritto indiscutibile su di lei perché sono... il suo patrigno.

"Ah! Una novità. Il suo patrigno. Allora ti chiami Potter Perk.

Si irrigidì quando sentì il suo vero nome. Pronto a tirare la rivoltella, ruggì:

Chi ti ha dato quel nome?

"Lei stessa. Mi ha raccontato una storia molto strana.

"Una bugia. Il mio nome è Rich Mac Kinney, niente di più.

"Mi chiamano Cosimo Lamore, ma mi chiamo solo Klossen Keller. Non hai mai sentito parlare di me?

Potter, udendo il nome, comprese molte cose e fece un rapido gesto per portare la mano di lato, ma tre revolver lo premette contemporaneamente contro e una mano più veloce della sua strinse la fondina della rivoltella dicendo:

"Attento, può bruciare.

E con un movimento brusco gli tolse l'arma.

La faccia del giocatore era cambiata. La maschera indifferente che la copriva mentre teneva il deliberato dialogo, scomparve per disegnare un volto di odio infinito, e avanzando verso il miserabile Potter, esclamò:

"Bene, Perk. Che piacevole sorpresa per te trovare il fratello della tua vittima dopo tanti anni! Non avresti mai sospettato che la ruota della fortuna girasse così tanto, che dopo tanti anni e tante miglia lontano dalle Montagne Rocciose, Klossen Keller, l'avventuroso fratello di John, di cui sostenevi di essere amico, sarebbe venuto a chiederti conto non solo dell'omicidio sulle spalle del povero John, ma della morte della sua vedova e delle fatiche e degli oltraggi che hai commesso con la povera Khaterine. Dio è giusto, Potter, e quando meno ce lo aspettiamo, ci dà il premio che meritiamo.

»Conosco la tua storia passo dopo passo. L'ho seguito come chi segue il cammino della sua salvezza attraverso anni e fatiche e ne sono giunto alla fine con la speranza che questo giorno felice mi sorgesse. Sono passati molti anni a ingoiare fiele e veleno in modo che non mi senta felice di questo momento che non scambierei con tutti i tesori del mondo.

»Da stamattina ti aspetto. Aveva notizie del tuo soggiorno a Tombstone, del tuo interesse per Grant e della tua promessa di andare a trovarlo. Puoi immaginare da quanto tempo le ore aspettavano che apparissi per risolvere questa questione di vecchia data e travolgente.

Volevi tornare alla Grant. Beh, almeno te ne andrai con la soddisfazione di sapere che ti precede verso l'inferno. Non era migliore di te con Khaterine e ha pagato le sue colpe come era giusto. Ora tocca a te e alla mia vita che non ci sarà nessuna forza umana in grado di salvarti.

»Volevi vedere la tua figliastra? La vedrai, anche se le procura l'ultimo dispiacere della sua vita, ma voglio che ti veda per un momento nella vita così che poi sarà sicura della tua morte. Non è dispettosa, ma so che non piangerà per te quando scoprirà che sei stato condotto alla fossa. Tyson, potresti per favore entrare e dire a mia nipote di scendere un minuto. Non dirgli perché.

Potter era pallido come un morto. I suoi muscoli come acciaio erano tesi davanti alla pressione implacabile dei due revolver che gli affondavano nei fianchi e più che attento alle parole del giocatore, stava studiando i suoi due nemici in attesa di un momento propizio per tentare, se non la salvezza, la difesa .

Quanto ai clienti, sono rimasti senza parole per la sorpresa e in un grande cerchio hanno seguito con ardente interesse tutte le fasi della tragica scena, indovinando il finale.

Tyson, nervoso, eseguì l'ordine del giocatore d'azzardo e poco dopo apparvero entrambi nella bisca.

La giovane donna, vedendo Potter, emise un grido di angoscia e correndo verso lo zio lo abbracciò, gridando.

"Zio, zio, per l'amor di Dio; salvami dalle loro grinfie!

"Non aver paura, piccola. Non vedi che la tigre non ha più le unghie? È venuto per te, gli ho proposto di rinunciare a ciò che crede la sua parte nella bisca in cambio della consegna della tua persona. Eccolo, il mio sogno d'oro che dovrebbe essere tuo si è avverato. Lui stesso, per mano della fatalità, è venuto ad arrendersi. Se ho qualcosa da ringraziarlo nel mondo, è che è lui che è venuto a offrirmi la sua vita volontariamente. Guardalo bene un'ultima volta, perché non lo vedrai più. Il sole del nuovo giorno non si sentirà sporco nella sua luce mentre illumina questo sciacallo senza viscere.

All'improvviso accadde qualcosa di imprevisto. Potter, che doveva nascondere uno stiletto affilato nella manica della giacca, manovrò dolcemente per farlo scivolare nella sua mano e quando lo raggiunse, con un movimento imprevisto pungolò Caleb nel braccio con cui reggeva l'arma forzando lui per emettere un ululato di dolore e far cadere la rivoltella. Poi, veloce come un fulmine, saltò in modo improbabile cercando di raggiungere la ragazza con la punta dell'arma micidiale.

Tyson, che lo fissava affascinato, si accorse del momento critico e saltò di fronte alla giovane donna. L'arma lo trovò nel percorso e gli conficcò nel petto quasi alla scapola.

Ma allo stesso tempo tuonarono due revolver. Lamore's e Corny's, e Potter non poteva più provarci. Entrambi i proiettili gli avevano colpito la testa e l'indesiderato cadde come colpito da un fulmine, afferrando ferocemente il manico dello stiletto macchiato di sangue.

Tyson crollò tra le braccia di Khaterine, che aveva salvato da morte certa, e lei, incapace di resistere a tanta emozione, perse conoscenza.

Quando crollò e stava per far cadere il ferito, il rapido intervento di Lamore e Corny glielo impedirono.

* * *

Tyson è stato privato della conoscenza per due giorni. Quando rinvenne, si trovò in un luogo sconosciuto. Lo avevano trasferito nelle stanze del defunto Grant dove, come meglio potevano, si erano presi cura di lui.

Corny, abile nella guarigione delle ferite, fu incaricato di officiare come chirurgo. Ha diagnosticato che la ferita era profonda, ma che non sembrava aver colpito alcun organo importante e che a causa della sua natura sana in un paio di settimane sarebbe stato abbastanza guarito.

Quando Khaterine si riprese dallo svenimento e si riprese, mostrò un vivo interesse per il giovane. Era convinta che con il suo tratto di generosità gli avesse salvato la vita e questo aveva solo inclinato il suo spirito verso di lui;

E preoccupata per la vita di Tyson, è diventata la sua infermiera, tenendolo d'occhio.

Il ragazzo, quando aprì gli occhi, vide tutto offuscato perché aveva perso molto sangue, ma a poco a poco sembrò rendersi conto di tutto e apprezzare la stanza che era strana a quello della locanda.

Voltando lo sguardo, scoprì Khaterine seduta accanto al letto che gli premeva il polso ancora febbricitante, Caleb con un braccio fasciato appeso a un fazzoletto al collo, Corny seduto su una panca di fronte a lui con la pipa spenta tra i denti. e il giocatore in piedi ai piedi del letto che lo guardava con interesse.

Il ragazzo impiegò un po' a reagire. Il suo cervello confuso era riluttante a facilitare i ricordi, finché non fu in grado di ricordare il tragico momento con ricompense e quando si mosse e sentì un'orribile fitta al petto, chiese con voce smorzata:

"Quanto tempo devo... vivere? Sembrano aspettarsi che da un momento all'altro...

Corny si alzò dicendo:

"In effetti, stiamo aspettando che tu muoia, attaccato con stupidità, che è una malattia che non ha cura. Come ti senti, ragazzo?

"Se sono all'inferno, abbastanza accettabile.

"Non ci sono angeli lì che si prendono cura dei feriti e qui ci sono, idiota.

"Oh certo! Non so ancora cosa dire a me stesso. Ehi, cosa c'è che non va in Caleb?

"Che l'hanno sorpreso a barare con un mazzo segnato e gli hanno morso il braccio come ricompensa.

"Non scherzare. Oh, dimmi, cosa gli è successo?

«Si è volatilizzato, Tyson. Non ricordare cose tristi e preoccupati di riprenderti presto.

"Era un codardo. Pensavo di non essere saltato in tempo e...

"Non parlare più, Tyson," intervenne Khaterine con voce strozzata dall'emozione. Hai saltato troppo a lungo per esporre la tua vita per salvare la mia.

Che altro potrei fare? È che dimentichi le volte che l'hai esposta per salvare la nostra? Non dare così tanta importanza a ciò che non hai.

Corny esclamò eccitato:

«È così che si dice, Tyson, e se vuoi credermi, continua a dire tutto il resto che tieni sul petto.

"Cosa significa?

"Oh! Mi riferivo ad alcune delle cose che ha sputato fuori da quella bocca di rospo mentre era assalito dalla febbre. Non è vero, signor Lamore?

Chiamami Keller.

"Non importa. È vero o no?

"Certo che è vero.

"Ma" balbettò Tyson spaventato. Cosa ho potuto dire?

"Un sacco di sciocchezze e che Khaterine perdoni la mia opinione. Stavi parlando della ragazza, stavi dicendo che eri innamorato di lei, che non potresti vivere se te ne sei andato. Non so quante cose del genere.

"Io? Mio Dio, deve essere delirante e prego la signorina Keller di perdonarmi se l'ho offesa. Sono un povero avventuriero senza mezzi né meriti per raggiungerla e...

"Ehi, pezzo d'asino. Se non sei in grado di dire tutto questo a una donna così mentre sei in uno stato normale e sei divorato dalla febbre, meriti di essere pugnalato di nuovo, ma con più successo. Ammettiamo di essere un avventuriero perché lo sei. Essere un avventuriero non è un disonore quando le avventure vengono svolte per uno scopo nobile. Quanto alla tua mancanza di mezzi, saprai di possedere cinquemila dollari.

"Me?

"Sì. Ci hanno offerto quindicimila dollari per la bisca e per il signor Keller; ora il signor Keller ha ragione di chiamarvi a rinunciare a tutte le sue parti a nostro vantaggio. Perché ne avete cinquemila, che è una somma decente. Con essa potete installa la tua modesta fattoria in un luogo meno tumultuoso e, poiché eri sicuro che la tua fidanzata si sarebbe accontentata di una cosa, penso che non ci sia nulla da opporre.

"Ma, se lei... lei... non mi ama.

"Glielo hai chiesto, idiota?

"Come avrei chiesto?

"Beh, cogliete l'occasione e se siete così meticolosi da impedirci di fare la domanda, signori, volete che usciamo a fare una passeggiata?

Il trio si precipitò fuori dalla camera da letto.

Tyson, rosso dall'imbarazzo più che dalla febbre, prego:

"Signorina Keller, li ignori, sono dei burloni del diavolo e... vogliono...

"Zitto, Tyson. L'ho sentito dire tutto questo. Vuoi chiarire se era tutta febbre, o un vero sentimento della tua anima?

"E se dichiarassi di amarla con tutta la forza del mio sangue?

"Beh... dovrei rispondergli allo stesso modo.

"È davvero così che sarebbe?

«Sarebbe così, Tyson.

"Quindi, Khaterine, la amo perché non credevo che una donna potesse essere amata al mondo. È abbastanza?

"Per cominciare, non è male.

"E davvero saresti soddisfatto di questo amore e di vivere al mio fianco in base a quella piccola fortuna che mi hanno dato?

"Certo che lo sai, Tyson. Sappi che mio zio ha dei risparmi e che li mette a nostra disposizione per iniziare una nuova vita. Dice che si sta ritirando dalla vita attiva e che con un mazzo per intrattenere il suo tempo libero ne ha in abbondanza.

"Perché un mazzo?

"Perché grazie a lei ha vissuto e ha potuto giungere alla fine della sua missione. Non è una reliquia altamente raccomandata, ma perché non dargli la virtù che crede di possedere?

Grazie, Khaterine. Tu sei un angelo e tuo zio un santo.

«Forse, ma non dimenticare i tuoi amici. Senza di loro poco o nulla si sarebbe potuto ottenere.

"È vero, ma sono solo una coppia di demoni con un cuore d'oro che non entra nel loro petto.

E prendendo la mano della ragazza, se la portò alle labbra febbrili, imprimendo un bacio sulla pelle sottile.

FINE

www.ingramcontent.com/pod-product-compliance
Lightning Source LLC
LaVergne TN
LVHW101947220826
846093LV00006B/132